아베의 가족

도서출판 아시아에서는 《바이링궐 에디션 한국 대표 소설》을 기획하여 한국의 우수한 문학을 주제별로 엄선해 국내외 독자들에게 소개합니다. 이 기획은 국내외 우수한 번역가들이 참여하여 원작의 품격을 최대한 살렸습니다. 문학을 통해 아시아의 정체성과 가치를 살피는 데 주력해 온 도서출판 아시아는 한국인의 삶을 넓고 깊게 이해하는 데 이 기획이 기여하기를 기대합니다.

Asia Publishers presents some of the very best modern Korean literature to readers worldwide through its new Korean literature series 〈Bilingual Edition Modern Korean Literature〉. We are proud and happy to offer it in the most authoritative translation by renowned translators of Korean literature. We hope that this series helps to build solid bridges between citizens of the world and Koreans through a rich in-depth understanding of Korea.

바이링궐 에디션 한국 대표 소설 052

Bi-lingual Edition Modern Korean Literature 052

Ahbe's Family

전상국
아베의 가족

Jeon Sang-guk

Contents

아베의 가족

Ahbe's Family

1

영내를 벗어나면서 나는 키가 팔 척이 넘는 것 같은 우월감을 맛보았다. 징문의 지피들은 사복으로 바꿔 입은 나를 용케도 알아봐 외출증을 확인하는 일까지 건성으로 했던 것이다.

일을 마치고 나가는 한국인 종업원과 노무자들이 줄로 늘어서서 옷 뒤짐을 당하고 있었다. 나는 어깨를 펴고 그들 곁을 지나쳐 나갔다. 이 우쭐한 기분은 한 달 전 오산 비행장 트랩을 내릴 때의 그 흥분 상태 그대로였다. 낮은 코, 짧은 키로 해서 어쩔 수 없이 감수해야만

1

I was filled with a sense of superiority, walking out of the base, like I towered over the rest of them. The guards at the main gate knew me even in plain clothes and didn't bother to check my pass even as the Korean workers formed a long line for the day's frisking. I walked tall past them.

I'd felt the same sense of elation when I walked down the steps from the plane in Osan a month ago, the frustration I'd kept pent up at the training camp because of my short stature and flat nose bursting like a bubble. I was moved to be visiting my fatherland for the first time in four years. It was

했던 신병 훈련소에서의 그 좌절감이 한꺼번에 씻겨나가는 기분이었다. 4년 만에 다시 고국 땅을 밟아보는 감회가 어금니에 지그시 씹혔다. 가는 날이 장날이라고, 부대 배속을 받고 도착해보니 바로 시피엑스에 걸려 외출이 허가되지 않은 그 이십여 일을 나는 뒤숭숭 뜬마음으로 보냈다. 그런 속에서도 나는 새삼 내 자신의 위치를 확인해둘 필요를 느꼈고 되도록 감상에 젖거나 비굴한 짓거리에 말려들지 않기 위해 이를 악물었다.

"헤이 킴, 언제 미국에 갔어?"

카투사들이 아는 체 악수를 청했다. 나는 대답 대신 웃으며 손만 흔들어주고 그 자리를 피했다.

"헤이 킴, 웰컴! 내가 뭘 도와줄까?"

피엑스의 한국 사람이 내게 접근해 왔다. 나는 그들이 보는 앞에서 내게 배당된 쿠폰을 찢어버렸다. 미국에서 고모가 내게 일러주던 그 돈 버는 방법을 스스로 포기해 버린 것이다. 나와 함께 신병 훈련을 받고 한국에 건너온 깜둥이들마저 이미 돈 버는 방법을 냄새 맡고 코를 벌름거리고 있는 게 구역질이 나 견딜 수 없었던 것이다.

영내를 벗어나 철조망을 끼고 시가지 쪽으로 뻗은 신

bad timing, though. Once I got assigned to my unit, I learned that a command exercise had just begun and no leave would be allowed for around twenty days. I passed the days restlessly. At the time, I had to remind myself where I stood. I would clench my jaw whenever I felt sentimental, and flatly refused to get dragged into the others' hanky-panky.

"Hey, Kim. When did you immigrate to America?" the KATUSA soldiers would ask me, offering their hands. I didn't answer them, merely waving to them with a smile as I turned away. The Korean workers at the PX approached me too. "Hey, welcome back, Kim! How can I help you?" But I just tore my coupons to pieces right before their eyes. I turned my back on the money-grubbing ways my aunt had taught me back in America. I was disgusted to see a nigger I'd trained with sniffing around, sensing that there was money to be made in Korea.

After passing through the gate, I walked down the street and followed the wire fence towards the city. I felt refreshed and alive. The asphalt melted in the summer afternoon sunlight, and the wild grass grew lush beneath the fence. I tried to slow my pace, controlling my excitement. I wanted to savor the happiness that swelled inside me as

작로를 걸었다. 가슴이 탁 트였다. 여름 오후의 햇볕은 아스팔트 바닥을 눅진눅진 녹이고 철조망 밑으로는 잡초들이 무성했다. 들뜬 마음과는 달리 나는 일부러 걸음을 천천히 옮겼다. 어금니로 비집고 올라오는 희열을 되도록 서서히 즐기고 싶었던 것이다.

정확히 3년 10개월 전 우리 가족들이 이 땅을 떠나면서 품었던 소박한 꿈 중 그 하나가 이제 실현된 것이다. 그것은 한국에서 양공주였다가 국제결혼을 해 미국에 가 영주권을 얻은 고모의 계획 중 하나였다.

돈 안 들이고 한국에 나갈 수 있는 길은 미군에 들어가 한국 파견을 지원하는 것이다. 한국 월급쟁이들보다 더 많은 돈을 주머니에 넣고 거드럭거리며 1년쯤 지내다가 미국이라면 껌벅 죽는 계집애 하나 꿰차고 돌아오면 좀 좋겠느냔 고모의 생각이었다.

"그래, 난 사람을 찾으러 한국에 가는 거다."

미국을 떠나기 전 나는 동생들한테 말했다. 동생들 모두 학교에 다니고 있었다. 정희와 진구는 하이스쿨 과정을 밟고 있었고 막내는 중학생이었다. 돈 한 푼 안 들이고 공부를 할 수 있었다. 그리고 한국에서는 어림도 없었던 대학 진학의 꿈으로 동생들은 부풀어 있었다. 그러

much as possible.

Now, one of the simple dreams my family had set out with when we left this same country exactly three years and ten months ago had become a reality. The aunt on my father's side, who had worked as a prostitute for American soldiers and later immigrated to the U.S. after marrying one of them, came up with the plan. If I volunteered to be dispatched to Korea, I could go back there without spending a cent. My aunt said it would be best if I stayed here for a year or so, making and spending more than the average Korean salarymen, and then come back with a Korean girl who would do anything to go to the U.S. "Yeah, I'm going to Korea to find somebody," I'd told my siblings before I left America.

They were all still in school. Jeong-hui and Jin-gu were in high school, while my youngest brother was a middle school student. It didn't cost anything to study in the U.S. They were full of ambition because they could go to college, which was impossible back in Korea. But not everything was rosy. Even my father's rationalization that he had come to America for his children's sake paled before their problems. My siblings, especially Jeong-hui, quick-

나 문제는 많았다. 자식들을 위해서 미국에 왔다는 아버지의 한국식 자위는 빛을 잃었다. 동생들은 굉장히 빠른 시간에 미국 생활에 적응했다. 정희가 특히 그랬다.

"오빠, 미국까지 와서 다시 한국 여자와 결혼해 살겠다는 거야?"

정희는 그런 생각을 가진 계집애였다. 우리 식구 중에서 적응력이 제일 빨랐다. 정희는 보이프렌드를 여럿 우리 아파트까지 끌어들였다. 모두 백인 아이들이었다. 우리 아파트 근처에는 흑인들이 많이 살았다. 흑인 애들이 정희의 뒤를 따라다녔다. 저희들끼리 낄낄거리며 골목에 지키고 섰다가 정희를 둘러싸고 희롱을 했다. 스페니시계 녀석들까지 그랬다. 정희는 놈들의 희롱을 잘 받아주었다. 그게 정희의 생리였다. 그리다가 일을 당했다. 내가 일하고 있는 야채 가게의 주인 이 씨의 귀띔으로 우리 아파트까지 달려갔을 때 그 깜둥이들은 정희를 윤간하고 있었다. 나는 피가 거꾸로 흘렀다. 출입문을 막아섰다. 세 놈이 능글능글 웃으며 다가왔다. 나는 품에서 야채 다듬는 칼을 뽑아들었다. 그리고 그 칼로 왼쪽 팔목에 상처를 냈다. 한국에서 재두, 형표, 석필이와 함께 남긴 담뱃불 자국이 있는 근처를 짼 것이다.

ly became Americanized.

"*Oppa*, you still wanna marry a Korean girl even after coming here?"

Jeong-hui said that. She was the first in my family to get adjusted and was soon bringing her boyfriends to the apartment, all of them white. There were many black people in our neighborhood too, and the boys would chase her. They would wait for her in dark alleys and block her way, sniggering and teasing her. Some Hispanic boys would join in too, but she'd just egg them on and exchange banter with them. She was that sort of girl. But one day, something terrible happened. I ran to the apartment, alerted by the grocery owner, and found three niggers raping her. A wave of anger washed over me and I blocked the entrance. The three of them moved towards me, smirking. I pulled out the knife I used for trimming vegetables and cut myself on the left wrist, near the scar where I had burned myself with a cigarette in Korea together with Jae-du, Hyeong-pyo and Seok-pil. My blood dripped on the porch, and the smirks on the nigger's faces turned to fear. I knew they were cowardly, aside from being vulgar and uncivilized.

"Come on! Come on!"

팔뚝에서 피가 흘러 현관 바닥에 흥건히 고였다. 능글능글 웃던 깜둥이들 눈이 금세 겁에 질렸다. 깜둥이들은 미개하고 천한 만큼 겁이 많고 비열했다.

"컴온, 컴온!"

나는 칼 든 손으로 그들을 손짓했다. 아무것도 보이지 않았다. 손끝으로 불같은 증오가 뻗혀 온몸이 떨렸다. 나는 며칠 전 정희와 함께 어머니의 수기를 훔쳐보았다.

나는 밤낮없이 그들을 칼로 찔러 죽이는 환상으로 치를 떨었다. 그들의 검고 끈적끈적한 살갗 그 깊숙한 데서 콸콸 쏟아지는 피를 두 손으로 받아 이웃 사람들 눈앞에 보여주고 싶었다. 내가 그때 살아 있을 수 있었던 것은 가슴으로 치미는 증오와 복수심 그것 때문이었다.

어머니가 한국에서 식구들 몰래 노트에 틈틈이 쓴 그 글에 그렇게 적혀 있었던 것이다. 나는 칼 든 손을 벌벌 떨면서 깜둥이들 앞으로 다가섰다. 깜둥이들이 너무 쉽게 무릎을 꿇었다. 많이 보던 놈들이었다. 내가 일하고 있는 이 씨네 식품 가게와 같은 블록에 사는 아이들이었다. 식품점에 들어와 물건을 훔쳐내다가 이 씨한테

I shouted, gesturing with my knife-wielding hand. I couldn't see straight and my body trembled, my fingers tingling with a rush of hatred. Several days before, my sister and I had read my mother's diary without her knowledge. When we were in Korea, my mother would secretly write in the notebook whenever she had the time.

"I gnashed my teeth in rage day and night, dreaming of knifing them to death. I'd catch their blood in my hands as it spilled out of their sticky, black skin, and show it to my neighbors. The only thing that kept me alive then was my hatred and the desire for revenge that burned in my heart..."

I stepped towards the niggers, my hand trembling as I wielded the knife. They fell to their knees. The boys looked familiar; they lived on the same block as Mr. Lee's grocery. Once, Mr. Lee caught them stealing some stuff from the store and chased after them, and they broke two of his teeth in the ensuing scuffle. When he tried to take them to the police, their gang descended on the store and threatened to set it on fire.

"Sons of bitches!"

들키자 골목까지 쫓아오는 이 씨의 이빨을 두 대씩이나 부러뜨린 놈들이었다. 이 씨가 잡아넣겠다고 하니까 그 놈들 떼거지가 몰려와 가게에 불을 놓겠다고 엄포를 놓던 일도 있었다.

"병신 같은 새끼들!"

정희가 흐트러진 아랫도리를 추스르며 일어났다. 계집애는 내 앞에 무릎을 꿇은 깜둥이들 머리 위에 침을 뱉은 다음 나를 향해 내쏘았다.

"오빤 뭐가 잘났다구! 한국에서 오빠가 한 일 생각 안 나? 그 주제에 왜 자꾸 내 일에 참견이야?"

악 쓰는 계집애를 바라보면서 나는 어깨에 힘이 빠졌다. 정희는 이렇게 뻔뻔스럽게 변해 있었다. 내가 한국에서 재두, 형표, 석필이와 함께 벗겼던 계집애는 그냥 울었을 뿐이다. 그리고 부모한테 제 몸이 더럽혀진 것을 일러바쳤던 것이다. 나는 정희를 죽이고 싶었다. 그러나 마음과는 달리 입에서는 애원이 담긴 신음이 흘러나왔을 뿐이다.

"정희야, 우리가 이렇게 살려고 여기 왔냐?"

"한국에서 살았으면 이것보다 더 더럽게 살았을 거야. 엄마두 아버지두 나처럼 더럽게 살았던 거야."

Jeong-hui straightened herself out and stumbled to her feet, spitting at the niggers kneeling in front of me. Then she turned to me angrily.

"And who the hell do you think you are, butting into my affairs? Have you forgotten what you did in Korea?"

I felt deflating, my sister now screaming at me. She'd become shameless. The girl I raped with Jae-du, Hyeong-pyo and Seok-pil merely wept afterwards, and told her parents what had happened. Now I wanted to kill Jeong-hui. But instead, I moaned and pleaded.

"Jeong-hui, did we come here to live like this?"

"If we'd stayed in Korea, our lives would have been filthier than this. Mom and Dad lived filthy lives there, like me," she shot back angrily.

She'd changed even more since we read Mother's diary. Those words pierced her young heart deeply, and it tortured me to have been her accomplice. I wished we hadn't read them, but there was no way to undo what we'd done. Even as we read it, we knew we were being sucked into the mire. We hadn't spoken about it since, but it was not necessary. The words in the diary seized our minds and sent their roots down fierce inside of us.

정희는 앙칼지게 내뱉었다. 어머니가 쓴 글을 함께 읽고 난 뒤에 부쩍 변해 버린 정희였다. 어린 계집애 가슴에 팬 상처는 치유 불가능한 것이었다. 나는 공범자로서 몹시 괴로웠다. 그 글을 함께 읽은 것이 후회가 됐다. 그러나 이제 쏘아버린 화살이었다. 정희와 나는 어머니의 글을 읽고 다 같이 우리가 벗어날 길 없는 깊은 늪 속에 빠져버렸음을 깨달았다. 우리는 그때부터 우리가 읽은 그 글에 대해서 단 한 마디도 의견을 나눈 일이 없었다. 입을 떼어 말할 필요가 없었던 것이다. 그 글 속의 내용들은 이미 우리들 각자의 몸속에 전염되어 그 뿌리가 그악스럽게 박혀버렸기 때문이다.

이제 그 글 속의 내용들은 바로 우리들의 문제였다.

물론 우리는 어머니를 이해하기 위해서 그것을 훔쳐 읽었던 것이다. 미국에 오면서부터 그렇게 어처구니없이 사람이 바뀌어버린 어머니에 대해서 우리 식구들은 아연할 수밖에 없었다. 환경이 바뀐 데서 오는 일시적인 조울증이겠거니 하고 그냥 대수롭지 않게 생각했던 게 잘못이었다. 어머니는 3년 세월이 흘러가기까지 처음과 똑같이 넋이 나간 멍청한 얼굴로 살았다. 어머니는 한국에서 우리와 함께 익힌 그 몇 마디의 영어조차

Of course, we read it to understand Mother. We were bewildered by how much she'd changed since we moved to America. I guess we were to blame for dismissing it as a mild case of manic depression brought on by the change of environment. But she continued to wear that blank expression even after three years of arriving in America. She never used the few English phrases we'd learned and practiced together in Korea and spoke to us only when it was absolutely necessary. She neither gave her opinion on anything nor interfered in any of our affairs. Unlike in Korea, where she nearly broke her back supporting her family, she seemed worn out and listless in America, like an empty sack of rice. In spite of all our pleading and entreaties, she regarded us with the same vacant stare.

"Maybe she's possessed by Ahbe's spirit," my youngest brother, only a middle schooler, said. We pretended not to hear him. It was taboo to talk about him in my family, so we were afraid of raising the issue. My aunt who met us at the airport when we arrived in America didn't ask about Ahbe. I don't think she even mentioned him in the letter of invitation she sent us. And though nobody dared

입에 올리지 않았다. 그네는 집안 식구들하고도 필요한 말만 했다. 자기의 의견을 내놓거나 남이 하는 일에 대해서 이렇다 저렇다 간섭을 하는 일도 없었다. 한국에서 그처럼 부지런히 뛰어다니며 식구들을 먹여 살리기 위해 안간힘을 쓰던 그네가 아니었다. 어머니는 빈 쌀자루처럼 휘주근히 늘어졌다. 우리 식구들은 그렇게 변해 버린 어머니를 향해 애원도 해보았고 때로는 윽박질러 보기도 했지만 어머니는 한결같이 멍청했다.

"아베 귀신이 붙은 거야."

중학교 다니는 막내가 엄마 문제에 대해서 한마디 했다. 우리 식구들은 막내의 말을 못 들은 척했다. 아베에 대한 얘기는 누구의 입에서도 꺼내기 겁내는 우리 식구들의 터부였다. 우리가 처음 이민을 올 때 공항까지 마중 나온 고모마저도 아베에 대해서 말하지 않았다. 이민 초청장을 보낼 때부터 아베의 얘기는 빠져 있었는지도 모른다. 어떻든 우리들은 어머니의 그 우울증이 아베에게서 비롯되었다는 것을 너무나 명확히 알고 있으면서도 그 사실을 입 밖에 내기를 꺼렸다. 그러나 막내가 어머니한테 아베 귀신이 붙었다고 했을 때 우리들은 마음속이 찔끔했다. 그러나 그것은 지극히 순간적인 것

to say it, we knew Mother was depressed because of Ahbe. This was why we were startled to hear my brother come out and say Mother was possessed by Ahbe's spirit. But it only lasted briefly. We quickly shook our heads and flatly denied it. We were too proud to admit that Mother could be like that because of Ahbe.

We never considered Ahbe a human being like us. Although fate led him to be born into our family, we never thought of him as one of our siblings. To us, he was nothing but a poor animal. He'd lived with us since we were born, but we just regarded him as a dirty animal since we were little. For our sake, our parents looked everywhere for a place where he could stay. Mental hospitals usually declined to take him, and even when they did take him, it wasn't long before our parents received notice that they couldn't take care of him anymore. They said an IQ of 20 was a minimum requirement for those staying at these places. These facilities accommodated and educated retarded people between 6 and 18 years old. Some places administered tests and accepted those with an IQ above 40. But Ahbe didn't even seem human enough to use the word IQ. His idiocy was of the worst pos-

이었다. 우리들은 곧 머리를 저어 그 생각을 단연 부인했다. 아베 때문에 어머니가 그렇게 됐다고 생각하기엔 우리들의 자존심이 허락하지 않았던 것이다.

우리들은 단 한 번도 아베를 우리와 똑같은 사람이라고 생각해 본 적이 없었다. 다만 아베가 숙명적으로 우리 집에 태어났을 뿐 우리와 한 형제라는 생각을 가져본 적이 없다. 아베는 우리에게 있어서 한 마리 볼품없는 짐승이었을 뿐이다.

우리 남매들은 태어나 철들면서부터 아베를 보고 살아왔다. 우리 어린 눈에도 그것은 더러운 짐승에 불과했다. 물론 아버지나 엄마는 우리들을 위해서 그 짐승이 살 수 있는 데를 여러 군데 찾아다녔고 실제로 아베를 거기 집어넣기도 했었다. 정신박약아 수용소에서는 아예 아베를 받아들이지 않거나 어쩌다 받아들였다 하더라도 며칠 못 가 찾아가라는 통고가 왔다. 최소한 지능이 20은 넘어야 그곳 수용소 생활을 할 수 있다는 것이었다. 대개 그런 수용소는 만 6세부터 18세까지의 정신박약아를 받아 수용 겸 교육을 시키고 있었다. 어떤 데는 테스트를 해서 지능이 40 이상은 돼야 받아들였다. 그러나 아베는 지능이란 단어를 쓸 정도의 그런 인

sible kind.

He was already 26 years old by the time we left Korea, and yet the only syllables he could muster, and with much twisting of his limbs, were "Ahbe." He would open his mouth with difficulty and contort his face, producing a sound: Ah...ah...ah...be... That was the only thing he could say.

He was never toilet-trained, and he couldn't walk much because of his lopsided body. He was stuck in the house day in and day out, filling the house with a horrible smell. Our house took on an air of gloom and desolation, as if it were doomed, because of him. It wasn't only our poverty that drove me to become a problem student, but the stifling air in my house that drove me crazy every day. And I think it was my hatred of Ahbe that drove me to rape that girl in the mountain that day together with Hyeong-pyo and the others.

The only part of Ahbe that looked normal was his genitals. Even as a child, he would cling to every female when he saw one, be it our mother or a sister, and rub his groin against them. After I saw him do that to Jeong-hui, who was only five at the time and taking her afternoon nap, I stopped looking at him as human entirely.

간이 아니었다. 백치 중에서도 가장 심한 정도였다. 그리고 우리가 한국을 떠날 때 이미 그는 26세의 나이를 주워 먹고 있었던 것이다. 26세의 병신이 사지를 뒤틀어가며 입을 벌려 말할 수 있는 것은 '아베'란 그 음절뿐이었다. 입을 어렵게 벌려 얼굴을 온통 우그러뜨려 '아—아—아—베'라고 소리 내는 것이 그의 의사 표시의 전부였다. 그는 물론 대소변도 가리지 못했다. 몸의 균형이 불안전해 먼 곳까지 걸어가지도 못했다. 그는 죽으나 사나 방구석에만 박혀 지독한 냄새를 피우고 있었을 뿐이다. 아베로 인해서 우리 집은 저주받은 집처럼 항상 침침하고 휘휘했다. 내가 문제아로 낙인찍힌 것도 우리 집의 가난에서 온 것만은 아니었다. 아베가 있는 그 질식할 것 같은 집안 분위기 때문에 나는 매일매일 미쳐가야만 했던 것이다. 그때 형표 들과 산에서 계집애를 벗긴 것도 아베에 대한 분노 때문이었다고 생각했다. 아베에게 정상적으로 발달돼 있는 것은 오로지 그의 성기뿐이었다. 그는 어렸을 적부터 여자만 보면 그것이 어머니고 누이동생이고 가리지 않고 달라붙어 사타구니를 비벼댔다. 낮잠을 자는 정희의 몸에 달라붙은 아베를 직접 내 눈으로 보았을 때 (정희는 그때 다섯 살이었

So I didn't think my family should have felt guilty about leaving Ahbe in Korea, subhuman that he was, and I couldn't fathom how he could cause my mother to be so depressed and catatonic even though she had given birth to him. It was around this time that Jeong-hui found the notebook at the bottom of Mother's trunk. We started reading it with bated breath and finished it in one sitting before hurriedly closing it.

This was how we discovered that Ahbe was not Father's biological child and that Mother's former husband was his real father. He was our stepbrother. This surprising discovery should have lessened our guilt further about leaving him behind in Korea, but the opposite turned out to be true. Since we discovered the truth, Jeong-hui and I couldn't stop thinking about Ahbe.

"Hey, Jino Kim!"

I must have been walking too slowly. Tommy caught up with me before I reached the city. At training camp I had promised to take him to Seoul first chance we got, and he reminded me of the promise last night at a soldiers' club. I'd reassured him that I definitely would, but I didn't feel like

다) 나는 이미 그를 인간으로 생각하지 않았던 것이다.

그러한 인간 이하의 아베를 한국에 버리고 왔다 해서 우리 식구들이 죄의식으로 괴로워해야 한다는 것은 있을 수 없는 일이라고 나는 못 박아 생각해왔다. 아무리 자기 몸에서 난 자식이라고 해도 아베 같은 동물로 해서 어머니가 그처럼 괴로워하고 정말 백치처럼 사람이 변해야 한다는 것은 우리들로서는 도저히 이해할 수가 없었던 것이다.

그럴 즈음 정희가 어머니의 트렁크 밑바닥에서 그 노트를 찾아낸 것이다. 우리는 숨을 죽이며 그 노트를 읽어나갔다. 단숨에 읽었다. 그리고 황황히 그 노트를 덮어버렸다.

우리가 알아낸 비밀은 아베가 적어도 우리 아버지의 피를 받지 않았다는 사실이다. 어머니의 먼저 남편의 씨가 아베였던 것이다. 가봉자. 이 놀라운 사실은 어떻게 생각하면 아베를 한국에 버리고 온 우리들의 죄의식이 다소 가벼워질 수 있는 성질의 것이었는지도 모른다. 그러나 문제는 그 반대였다. 정희와 나는 그 사실을 안 순간부터 진정 아베에 대해서 생각하기 시작했던 것이다.

dragging him along so I slipped out the barracks without letting him know. Maybe it was my revenge for the humiliation I'd suffered from them. But Tommy was my friend. He was 21 years old, a year younger than me, though almost twice as big and tall. He spoke with a standard American accent. He was from Atlanta and had volunteered to serve in Korea while studying at Harvard. It was clear that he wanted to get something different out of Korea than what the other volunteers, who were from the lower rungs of American society, were after.

I can divide the Americans I've met over the last four years into two categories. On the one hand, you have those who represent mainstream America, morally upright like the Puritans, the citizens of America, the superpower. On the other, you have the uncivilized and morally bankrupt. These latter ones are even worse than any Korean, more shameless and violent. Tommy was from the former group. He didn't judge people by their color. But it wasn't difficult to see that this attitude stemmed from a sense of superiority.

He was civil with me from the start. He was eager to learn more about Korea, since he would be posted there. Contrary to our expectations, Ameri-

"헤이, 지노 킴."

내가 무척 느리게 걸었던 모양이다. 시가지에 이르기도 전에 토미가 따라붙었던 것이다. 나는 그와 약속을 했다. 첫 외출 시 서울 나들이를 함께 할 것을 신병 훈련소에서부터 약속했다. 지난밤에도 사병 클럽에서 그는 그것을 일깨웠다. 오케이, 나는 다시 한 번 다짐했다. 그러나 오늘 나는 토미 몰래 영내를 빠져나왔던 것이다. 공연히 그런 심사가 나를 충동질했다. 그것은 이제까지 내가 그들에게서 받은 수모에 대한 앙갚음이었는지도 모른다. 그러나 토미는 내 친구였다. 나보다 한 살이 아래인 스물하나에 몸집이나 키는 나의 거의 두 배에 가까웠다. 그는 미국 사람치곤 정확한 영어 발음을 가지고 있었다. 그는 애틀랜타 출신으로 하버드대학 재학 중에 한국 지원 입대를 했다. 미국의 밑바닥 인생들이 기어드는 데가 한국 지원병인 전례와는 달리 그는 내가 아는 한 뭔가 얻으러 한국에 온 게 분명했다. 내가 미국에서 4년간 겪은 미국인은 대개 두 가지 유형이었다. 하나는 상류사회를 형성하고 있는 전형적인 미국인으로서 가히 초강대국의 국민다운 풍모를 갖춘 청교도풍의 도덕적으로 거의 완전무결해 뵈는 사람들이었고, 그 반

cans knew nothing about Korea, or hardly anything at all. The first time Tommy saw me, he said, "Hey, China man!" That was how they regarded everyone with an Asian face, unable to recognize Koreans in America or distinguish their culture from the Chinese. Tommy took no interest in the Korean scripts I wrote for him, preferring the complex hieroglyphic characters of the Chinese. What I found even more infuriating was how they adored Japan. Most GIs dreamed of spending their holidays in Japan, and the fond memories they would bring home from there. Whenever they mentioned Korea, they spoke of it as a province of China or Japan. Talking about Korea with Americans was a lesson on the importance of national power.

"Korea, that's a land of beauties!"

Tommy spoke well of Korea as a token of friendship. When he was a young boy, his family had an old African-American gardener who was a veteran of the Korean War. He would describe Korea as a beautiful country, which must have been how things seemed to him now about his old, heroic days. It was Korea seen from the lonely fog of old age. Memories can be beautiful, but they can also be the opposite for other people, like how they

대는 우리에게 대체로 집히는 그런 자유분방하면서 반도덕적인 면을 다분히 갖춘 사람들이었다. 후자의 인간들은 그 어떤 한국인보다도 더 철저하게 파렴치하고 난폭했다. 토미는 전자에 속하는 인간이었다. 그는 유색인종에 대해서 아무런 편견도 가지지 않고 있는 것처럼 보였다. 그러나 그러한 태도가 바로 그네들의 우월감에서 비롯된 것이라는 걸 알기란 어렵지 않다. 그는 처음부터 내게 호의를 보여 왔다. 자기가 가는 한국에 대해서 많은 걸 알고 싶어 했다. 우리가 생각하는 것보다 미국 사람들은 한국에 대해서 무지하거나 알고 있더라도 그 내용이 터무니없는 것이기 일쑤였다. 토미만 해도 나를 만났을 때 헤이 차이니즈, 라고 불렀다. 얼굴이 넓직한 동양인은 나 차이니즈였다. 그들은 고집스럽게도 미국 속의 한국인을 잘 인정해주려 들지 않았다. 한국문화와 중국 문화를 같은 것으로 보려 했다. 토미는 내가 써 보이는 한글에는 흥미가 없었고 유독 그 어려운 상형문자인 한자에 호기심을 보였다. 더 분통이 터지는 것은 일본에 대한 그들의 동경이었다. 대부분의 지아이들은 일본에 휴가를 나가 아름다운 추억을 남기는 게 꿈이었다. 그들은 한결같이 한국을 이야기할 때는 언제

were for my mother and her memories of the past. Korea might indeed be a land of beauties for those who did that to her. I spat on the street.

"Hey, Kim. We're going to Seoul, right?"

Tommy, who looked smart and confident among his fellow tall Americans, looked like a dork among the locals here in Korea.

"Sorry, Tommy, not today. I have another appointment."

He grew sullen like a child, looking both puzzled and disappointed.

"I can help you get a bus to Seoul."

His face lit up, radiating curiosity about the unknown world.

We arrived at the inter-city bus terminal. An old bus bound for a remote village in the opposite direction from Seoul was preparing to leave, its engine running noisily. I ran to the ticket window and got him a ticket.

"This bus is going to Seoul. Here's your ticket."

He thanked me profusely before squeezing into the bus headed for the countryside. Watching his broad back disappear, I yelled at him, "Hey, Tommy, Korea is a beautiful country. Enjoy it!"

The bus was packed. I could see Tommy stand-

나 중국과 일본의 일부로서 전제를 삼았다. 미국 사람을 만나 한국을 얘기하면 국력이 어떤 것인가를 실감하게 되는 것은 그 때문이다.

"코리아, 아름다운 미인의 나라."

토미는 내게 우정의 표시로서 한국을 아름답게 얘기하기도 했다. 그것은 그가 어린 시절 자기 집 정원사였던 흑인 영감을 통해서 얻은 생각이었다. 아마 그 흑인은 한국전쟁이 일어났을 때 참전했던 용사였던 모양이다. 그 늙은이의 입을 통해서 묘사된 한국은 아름다운 나라였던 것이다. 그것은 그 늙은이가 만년에 외로움을 느끼면서 왕년의 그 한국전 참전 시절이 마치 영웅의 그것처럼 회상되었기 때문에 그럴 수밖에 없었을 것이다. 추억은 아름다운 것이니까. 그러나 추억이 결코 아름답지 못한 사람도 많다. 바로 어머니의 과거가 그런 것이다. 어머니를 범한 그들에게 있어서 한국은 아름다운 여인의 나라일 수도 있겠지. 나는 길바닥에 침을 뱉었다.

"헤이 킴, 우리 서울에 가는 거지?"

그들 꺽다리들 속에서 그렇게도 똑똑하고 의연해 보이던 토미가 막상 한국 땅 한국 사람들 틈에 끼이자 그렇게 얼뜨기처럼 보일 수가 없었다.

ing, stooped among the sweaty rural folk inside the small, rickety bus. It was my token of friendship for him.

It was so hot and humid that the heat seemed to radiate from the ground. I fell at the end of the queue before the ticket window for Seoul. A woman stood in front of me, carrying a beach bag. Long hair hung down her back. I saw her steal a glance at me when I moved closer. She was pretty, what you might call an Asian beauty, soft lines and flawless skin.

"Is this where I can get a bus ticket to Seoul?" I asked her, deliberately speaking with an American accent.

She turned to look at me with innocent but watchful eyes. I noticed a badge of a women's college on her chest. She seemed intrigued by my colorful checkered shirt and shoes with their round toes, which I had bought at the PX. I took my wallet from my back pocket and peeled a couple of notes from the thick wad of bills I'd gotten for my dollars at the PX. She stepped back, blushing, when I offered her the money.

"Please help me. I left Korea as a child so I don't know my way around. If it's enough, you can also

"토미, 나 오늘 서울 가는 게 아니다. 나 다른 약속이 있다."

토미는 어린애처럼 시무룩해졌다. 무척 실망한 얼굴로 어쩔 줄 몰라 했다.

"토미, 내가 서울 가는 버스에 널 태워주겠다."

토미는 즐거운 얼굴을 했다. 미지의 세계에 대한 호기심이 그의 얼굴 가득 넘쳐 보였다.

우리들은 시외버스 정류장에 와 있었다. 서울과는 정반대의 시골이 종점인 구형 버스가 텅텅텅 발동을 건 채 출발을 서두르고 있었다. 나는 매표소로 뛰어가 그 시골행 표를 끊었다.

"토미, 저거 서울 가는 차다. 여기 표가 있다. 내가 너를 위해 끊었다."

토미가 땡큐를 연발하며 그 커다란 덩치를 그 시골행 버스 속에 집어넣자 나는 그의 등 뒤에 대고 소리쳤다.

"헤이 토미, 한국은 아름다운 나라다. 재미 많이 보거라!"

버스는 만원이었다. 땀냄새 나는 시골 사람들이 꾸역꾸역 들어박힌 그 낮고 헌 시골 만원버스 속에 키가 큰 토미가 상체를 숙인 채 끼어 서 있는 게 보였다. 토미에

buy your ticket with this."

Gingerly, she took one of the two 10,000-*won* bills. "You can wait by the bus over there," she said, her voice not quite as attractive as her looks.

I bowed and went towards the bus, swallowing and talking to myself.

"You're no longer a clerk for Mr. Lee. You're a GI helping Korea."

"Here's your ticket. I paid for mine." She primly held out my ticket and change.

Taking them, I suddenly remembered Mr. Lee's daughter, who was also a prude. She came to America at the age of ten, but seemed like she would never be able to adapt to life there. She never went out because of her polio-stricken legs. Mr. Lee said he'd come to America to get her cured, but she still had a limp in spite of all the money he'd spent on her treatment. Mr. Lee always made funny ruses to set me up with his daughter. He would often send me to their apartment on useless errands, and each time, I would find her threading beads to sell. Whenever I asked her out of sympathy if it wasn't boring, she'd give the same answer: "Of course, it's boring." I would steal a glance at her flat chest from time to time, and I'd

게 준 내 우정이었던 것이다. 지열이 훅훅 끼쳐드는 더위였다.

서울행 버스 매표소엔 사람들이 줄을 서 있었다. 나는 그 줄 맨 끝에 붙어 섰다. 바로 내 앞에 머리를 길게 늘어뜨린 여자가 비치백을 들고 서 있다가 뒤에 바싹 붙어 서는 나를 힐끗 쳐다봤다. 한눈에 잘생긴 얼굴이었다. 얼굴에서부터 몸매까지 동양적인 그런 미를 갖추고 있었다. 선이 부드럽고 피부 또한 깨끗했다.

"여기가 서울 가는 버스표 끊는 뎁니까?"

나는 짐짓 영어식 억양으로 말했다. 여자가 다시 한 번 나를 돌아다보았다. 약간 경계의 빛을 보이는 그 눈이 맑았다. 나는 그네의 가슴 위에 꽂힌 여자 대학 배지를 보았다. 그네는 내가 입은 체크무늬 요란한 남방셔츠와 피엑스에서 사 신은 코가 뭉툭한 구두를 내려다보며 얼마간 신기해하는 눈빛을 했다. 나는 뒷주머니에서 지갑을 꺼내 피엑스에서 바꾼 고액권 화폐뭉치 중에서 두 장을 빼내 그네 앞에 내밀었다. 그네가 옆으로 한 발짝 비켜서며 얼굴을 붉혔다.

"나 어렸을 때 한국 떠나 모르는 거 많습니다. 아가씨, 도와주십시오. 이 돈으로 아가씨 표까지 끊을 수 있는

feel bitter and alone. Her puny breasts made me nostalgic for Korea, like a symbol of the profound despair and frustration of people who had left their homeland for America. I would leave the apartment hurriedly to escape the oppressive atmosphere.

I boarded the bus ahead of her and took the seat indicated in my ticket. She stood beside me and asked, ticket in hand, "Do you mind if I take the window seat?"

"Not at all."

I hastily got up to let her pass, then sat back down, careful not to touch her. I pulled out a pack of gum from my bag and offered it to her. She took it with a smile.

"Are you in college?" I asked, glancing sidelong at the swell of her chest.

Instead of answering, she unwrapped the pack of gum and offered me a stick.

"Do you speak English?" I deliberately spoke in stilted Korean.

She blushed and answered almost in a whisper, "No, I don't..."

"Is it your break?"

"Not yet. I just came here to visit my aunt's mountain villa."

지 나 잘 모르겠습니다."

그네는 잠시 머뭇거리더니, 만 원짜리 두 장 중에서 한 장만 뽑아 들면서 말했다.

"저기 저쪽에 있는 빈 차 옆에서 기다리고 계세요."

외양과는 달리 목소리는 퍽 투박스러웠다. 나는 굽실거리며 그네가 가리킨 버스 옆으로 다가갔다. 나는 침을 삼켰다. 나는 이 씨 가게의 점원이 아니라 이제는 한국을 도우러 온 지아이다.

"표 여기 있어요. 제 건 제 돈으로 끊었어요."

그네는 새침한 얼굴로 잔돈과 함께 표를 내밀었다. 표를 받아들면서 나는 문득 이 씨의 딸을 생각했다. 그 여자도 이렇게 새침데기였다. 열 살 때 미국에 왔다는 그네는 늙어 죽을 때까지 미국 생활에 동화되지 못할 그런 타입이었다. 그네는 바깥출입을 일절 하지 않았다. 원인은 그네의 소아마비에 걸린 다리 때문이었다. 이 씨 말로는 그 딸의 소아마비를 고치기 위해 미국에 왔다고 했다. 실상 돈도 많이 없앤 모양이었지만 여전히 잘금잘금 걸었다. 우습게도 이 씨는 나를 자기 딸에게 접근시키려고 했다. 툭하면 자기네 아파트에 심부름을 시켰다. 내가 찾아갈 때마다 그네는 돈벌이로 하는 구

"I see. So you're from Seoul?"

"Yes, I live in Gahoe-dong, Seoul."

"I know Gahoe-dong well. My paternal aunt lived there for a long time."

It was a blatant lie, of course. My aunt never lived in Gahoe-dong. I didn't even know I had an aunt until I was in middle school when a woman wearing thick makeup and loud clothes showed up at our house in the slums.

"Sun-ja!" my father cried out when he saw her, while she shrieked, "*Oppa*!" You can imagine the tearful scene when brother and sister were reunited after seventeen years. They laughed and cried, touching each other as if to make sure they weren't dreaming. It was like watching a drama in the theater about a pair of siblings orphaned by the Korean War. But my siblings and I were embarrassed by her garish appearance and Father's childlike bawling. Ahbe was 22 years old at the time, and clung to my aunt's waist like an animal in heat, frightening her so she pushed him away. We all cracked up. Jin-gu tied a rope around his neck and dragged him to the room. "Ah...ah...ahbe..." Jin-gu gave him a good hiding and Mother ran into the room.

"That's my eldest," Father told his sister, pointing

슬 꿰기를 하고 있었다.

“지루하지도 않아요?”

내가 동정하는 투로 물을 때마다 그네는 똑같은 대답을 했다.

“지루해요.”

나는 그네의 빈약한 젖가슴을 훔쳐보곤 했다. 그럴 때마다 쓸쓸한 바람이 가슴으로 불었다. 미국에서 내게 향수를 불러일으키는 것은 그네의 빈약한 젖가슴이었다. 나는 그네에게서 고국을 떠나 사는 사람들의 좌절과 그 깊은 절망의 하소연을 듣는 듯했다. 나는 숨이 막힐 것 같아 그곳을 도망치듯 빠져나오곤 했다.

“제가 창문 곁에 좀 앉았으면 좋겠어요.”

버스에 먼저 올라 좌석 번호대로 자리를 잡고 앉았는데 아까 그네가 제 표를 내보이며 옆에 서 있었다.

“아, 좋습니다.”

나는 황급히 일어나 그네가 창문 곁으로 앉도록 도와준 다음 그네에게 몸이 닿지 않도록 떨어져 앉았다. 나는 여행 가방에서 껌 한 통을 꺼내 그네에게 내밀었다. 그네가 살짝 윗입술을 움직여 웃으며 그것을 받았다.

“대학에 다니십니까?”

with his chin towards the room. From then on, she often came to visit us, filling our house with precious American goods and sweets. She got divorced three times—from a white guy and two negroes—before leaving for the U.S. with an old black army surgeon she'd just married. He came to our house several times and obviously doted on her. "This boy wants to spend the rest of his life with me in America," she said. That was how she called him, "boy." Whenever the man came, my mother would shut herself up in the room or hurriedly go over to the neighbors. Ahbe, too, was afraid of the negro and wouldn't leave his room.

"Been in America long?" the woman asked as the bus rolled down the asphalt road.

"Who, my aunt?"

She shook her head and raised her chin at me.

"Ah, me? My name is Jin-ho Kim, by the way. Kim Jin-ho. I went to the U.S. when I was nine."

"But you speak Korean very well," she said, now looking me straight in the eye.

"I continued to study Korean in America. I was a top student at a Korean American school."

She looked at me, her eyes wide open.

나는 짐짓 그네의 불룩한 젖가슴을 흘금 더듬어보며 말했다. 그네가 대답 대신 껌을 뜯어 내게 한 개를 내밀었다.

"영어 하십니까?"

나는 우정 내 한국 발음을 서툴게 하며 물어보았다. 그러자 그네의 얼굴이 금세 빨갛게 물들며 겨우 들릴 정도의 목소리로,

"전연……."

"방학 중이십니까?"

"아직…… 여기 이모네 산장에 잠깐 들렀다 갈 일이 있어서 다녀가는 길이에요."

"아, 집이 서울에 있습니까?"

"네, 서울 가회동."

"가회동—. 나도 잘 압니다. 우리 고모님 거기 오래 사셨습니다."

나는 입에 침 한 번 바르지 않고도 거짓말을 척척 잘해 냈다. 고모는 가회동에 살지 않았다. 우리에게 고모가 있다는 것을 알게 된 것은 내가 중학교에 입학했을 때였다. 얼굴 화장이 야하고 몸치장 또한 요란한 여자 하나가 우리가 살고 있는 빈민촌에 나타났다. 아버지가

"I took time off from Harvard to come here."

"Really? What was your major?"

"Korean women's studies."

"You must be kidding."

"No, I'm serious. There's a part about Korean women among the Asian studies I'm taking. About beautiful Oriental women like you."

"You're pulling my leg." Her face reddened. Grinning shyly, she glanced at me and asked, "So how long are you going to be in Korea? One year? Two...?"

"I'm supposed to stay here for a year, but I'll have to stay longer if I don't find who I came here for. I have to find that person."

"Who did you come here for?" She colored a little, again.

"Take a guess, Miss...?"

"Miss Park."

"Miss Park, do you really want to know who I came here for?"

"Yes, I do."

"Why don't you guess?"

She put a finger on her lips and tilted her head, pretending to think for a moment.

"Maybe your best friend from kindergarten? A

그 여자를 보자, 순자야! 외마디 소리를 쳤다. 오빠! 17년 만에 처음 만나는 나이 든 오뉘의 극적인 장면은 그야말로 울음바다였다. 울고 웃고 서로 더듬어 그 실체를 확인하면서 이 세상에 단둘만 남겨졌던 6·25 때의 비극 한 토막이 연극처럼 펼쳐졌다. 그러나 그것을 지켜보는 우리 남매들은 그 여자의 천해 보이는 얼굴과 아버지의 어른답지 못한 그 울음소리 때문에 몹시 낭패스러웠다. 그때 아베 나이 스물둘이었다. 그 성년의 수놈이 고모의 허리에 매달려 껍적껍적 이상한 짓거리를 했던 것이다. 고모가 기겁을 하면서 아베를 밀어 던졌다. 우리들은 깔깔거려 웃었다. 진구가 아베의 목에 줄을 걸어 방으로 끌고 들어갔다. 아……아……아베…… 아베가 진구한테 매를 맞고 있었다. 어머니가 방으로 뛰어 들어갔다. 저것이 내 맏이일세. 아버지가 아베가 들어간 방 쪽을 턱으로 가리키며 고모한테 말했다. 어떻든 고모는 우리 집에 자주 나타났다. 그 귀한 미제 물건과 과자가 우리 집 구석구석 나돌았다. 그네는 미국으로 떠나기 전까지 남편 셋을 바꿨다. 흰둥이 하나와 깜둥이 둘. 그러나 국제결혼을 해서 함께 미국으로 들어간 것은 나이가 많은 흑인 군의관이었다. 그 흑

girl." She laughed heartily and moved closer, which thrilled the fake Harvard student in me. But I felt empty inside.

"No, I didn't even go to kindergarten. My family couldn't afford it back then."

We were poor because of my father's incompetence. I had to pass the bitter winter days without even an undershirt. My siblings and I thought it was because of Ahbe, that he'd jinxed our home. When Father and Mother left the house, we would snatch his food away and refuse to give him water. We put a rope around his neck and tied it to the door handle. He didn't even know how to untie it.

"Your best friend in first grade then?"

"She died. She had a limp from polio and was very good at threading beads. She'd always cry because she missed her hometown."

When I told Mr. Lee's daughter that I was being posted to Korea, her wan face reddened and she dropped the beads she was working on so they rolled all over the floor. I offered her my hand and she took it. Her hand was warm. I could feel her shaking when I touched my lips to her cheek for the first time before leaving hastily.

"It feels cool," I said. Outside the window, it was

인은 한국을 떠나기 전 우리 집에도 서너 번 왔었다. 고모를 끔찍이 위했다.

"얘가 글쎄, 미국 가서 죽을 때까지 함께 살겠다잖아."

고모는 그 흑인을 '얘'라고 했다. 그 흑인이 올 때마다 엄마는 방 안에 들어박히거나 이웃으로 도망을 치는 등 허둥거렸다. 아베 역시 깜둥이를 무서워해 아예 방에서 나오지도 않았다.

"한국에서 미국으로 가신 지 오래되셨나요?"

옆에 앉은 여자가 물어왔다. 버스가 미군 부대 옆 아스팔트 위를 달리고 있었다.

"누구 말입니까? 우리 고모님?"

그네가 가볍게 고개를 저으며 턱으로 나를 가리켰다.

"이, 니 진호 킴, 김진호입니다. 한국에시 아홉 실 때 미국 갔습니다."

"그런데 우리말이 퍽 유창하시네요."

그네는 대담하게 나를 맞바로 쳐다보며 말했다.

"나 미국에서 한국어 공부 계속했습니다. 한인학교에서 1등 했습니다."

그네는 눈을 동그랗게 해 가지고 다시 나를 바라보았다.

"나 하버드대학 재학 중에 한국에 나오기 위해 휴학

raining. The rural landscape slowly rolled by in the shower. The windshield wiper moved faster as the rain grew heavier, and raindrops trickled from the ventilator on the ceiling. I remembered the summer when there was a terrible flood and I had tried to get rid of Ahbe. It poured all day, threatening to burst the dike, and panic broke out among those living downstream as they tried to flee to higher ground. We packed our things and sought refuge at a school nearby. I left Ahbe behind and lied to Mother. I told her I couldn't find him when I brought the last of our belongings. My parents rushed back to the house and returned in shock. "Ahbe's not there. Let's all go look for him," Father said. The rain wouldn't stop until finally, the dike burst. People screamed, but I laughed. I'd locked up Ahbe in a secluded room in an abandoned house. All night, Mother waited for him outside in the rain. Lying on the hard floor of a classroom, I closed my eyes but sleep refused to come. Finally, I couldn't stand it any longer and went out to tell her what I had done. She made as if to go immediately, but Father managed to dissuade her.

The next day, the weather cleared and we all ran to our neighborhood as soon as it was light out-

했습니다."

"어머 그러세요? 거기서 뭐 전공하셨는데요?"

"한국 여성학."

"어머, 농담."

"장난말 아닙니다. 나 전공하는 내륙 아시아 문제 중에는 한국 여성에 관한 부분도 있습니다. 아가씨처럼 비유티플한 동양 미인……."

"놀리시는군요."

그네는 얼굴 전체를 붉게 물들여 수줍게 웃은 다음 다시 시선을 주며 말했다.

"한국에 오래 계실 건가요? 1년, 아니면 2년……?"

"1년 기한입니다. 그러나 내가 찾는 사람 만나지 못하면 더 연장합니다. 나 그 사람 꼭 만나야 합니다."

"그렇게 꼭 찾아 만나야 할 분이 누구신데요?"

그네가 다시 얼굴을 살짝 붉히며 물어왔다.

"글쎄요, 알아맞혀 보십시오. 미스—?"

"미스 박이에요."

"미스 박, 내가 찾고 있는 사람 알고 싶습니까?"

"네, 알고 싶어요."

"알아맞혀 보십시오."

side. The mud-walled houses were all gone, swept away by the floods. Mother ran around in circles on what had now become a riverbed. There was no trace of Ahbe whatsoever. But that afternoon, we found him in the police station on the hill. "Ah...ah...be..." He sniffed and snuggled in Mother's arms. He was 21 years old then, and our neighbors clicked their tongues, saying that weeds usually are resilient.

"Is it a man or woman you're looking for?"

The shower passed, and sunlight slanted in through the window. She drew the curtain open and asked again, "Male or female?"

"Guess?"

She shook her head, smiling.

"It's your homework. You can come up with the answer until next Saturday when we see each other again in Seoul."

"What?" She raised her hand as if to slap me on the shoulder, but stopped midway, looking at me abruptly without malice. I imagined having sex with her, imagined her naked body, but it was Jeong-hui's body that I saw. I shook my head to expel the thought.

"Are you really coming back to Seoul next week?"

그네는 손가락을 입에 대고 고개를 갸웃한 채 잠시 생각하는 시늉을 해 보였다.

"혹시 유치원 때 짝꿍이 아닐까요? 여자 짝꿍 말이에요."

그네는 거침없이 웃으면서 내게 접근했다. 가짜 하버드 대학생은 기분이 좋았다. 그러나 가슴은 허망했다.

"아닙니다. 나 유치원 다니지 못했습니다. 그때 우리 집 매우 가난했습니다."

가난했다. 아버지가 무능했던 것이다. 속셔츠 하나 제대로 입지 못하고 그 추운 겨울을 지냈다. 아베, 아베가 우리 집에 살고 있기 때문이라고 우리 남매들은 생각했다. 어머니와 아버지가 집에 없을 때 우리들은 아베가 먹는 밥을 빼앗아버렸다. 물도 먹이지 않았다. 아베의 목에 줄을 매어 문고리에 잡아매었다. 아베는 그 목걸이를 풀어낼 능력도 갖추지 못한 저능아였다.

"그럼, 초등학교 1학년 때 짝꿍?"

"초등학교 1학년 때 내 짝꿍은 죽었습니다. 소아마비로 다리를 절었습니다. 구슬을 예쁘게 잘 꿰었습니다. 늘 고향에 가고 싶다고 울던 아이였습니다."

이 씨의 딸은 내가 고국으로 나가게 됐다고 했을 때

she asked, smiling unabashedly. The bus was crossing a pass on the outskirts of Seoul. My heart was pounding.

"Yes, to see you."

"But today, I'd like to buy you a cup of coffee—to celebrate your homecoming."

I shook my head. The sky above the city, gray from pollution, filled me with a terrible sense of foreboding. It dawned on me that the sense of elation I had felt getting out of the base had dissipated because of our shallow conversation. Instead, what filled me was the sense of inferiority I felt about my height, reaching only as high as a Yankee's armpits.

The faces of Jae-du, Hyeong-pyo, and Seok-pil suddenly flashed in my mind. I showed her my wrist, which was dimpled by two cigarette burns above the long scar left by the knife. She looked surprised.

"I'll tell you where I got these when we meet next time," I told her as the bus pulled into the terminal. Hurriedly, she tore off a piece of paper from her notebook and jotted down her name and phone number before handing it to me. I put it in my pocket and got off the bus, walking straight into the crowd without glancing back at her.

그 핏기 없는 얼굴이 온통 붉게 상기됐다. 그네가 꿰던 구슬이 바닥에 흩어져 굴렀다. 내가 손을 내밀자 그네가 마주 잡았다. 손이 뜨거웠다. 나는 그네의 볼에 처음으로 입술을 댔다. 그네가 떨고 있었다. 나는 쫓기듯 그네 곁을 떠났다.

"참 시원하네요."

창밖에 비가 내리고 있었다. 소나기였다. 빗속에 시골 풍경이 서서히 지나갔다. 빗발이 세어지면서 운전대의 앞 윈도 브러시가 급하게 빗물을 씻어 내리고 있었다. 버스 천장의 바람구멍으로 빗물이 흘러내렸다.

그 여름 물난리 때 나는 아베를 처치할 계획이었다. 하루 내내 계속된 폭우에 제방 둑이 허물어지고 있었다. 둑 밑의 사람들이 높은 지대로 대피를 하느라 수라장을 이루었다. 우리 집도 짐을 싸서 근처 초등학교로 옮겼다. 아베만 남겨놓고 갔다. 어머니를 속였던 것이다. 마지막 짐을 가지고 간 내가 어머니한테 말했다.

"아베가 없어졌어요."

물론 어머니와 아버지가 허둥허둥 그리로 달려갔고 얼마 후에 그네들은 당황한 얼굴로 돌아왔다.

"아베가 없구나. 모두 나가서 다시 찾아보자."

The bus to the hillside slum where I used to live was jam-packed like it was four years ago. Crammed with and jostled by my sweaty fellow passengers, I knew for sure I was back in Korea. Other than a handful of new tall buildings, nothing else had changed. The road was as narrow as ever, and the houses squeezed together on the steep slope, their eaves touching like crabs clustered together. There were many more TV antennas than four years ago.

I hurried past the market, head bowed, afraid to bump into people I knew from before. Next to the movie theater stood a new motel with a tourist map where the names of the temples on the hillside behind the slums were marked in large characters. Cheonsu Mineral Spring was also shown in the map—the place where my friends and I used to hang out a few years ago had become a tourist attraction.

The motel had mosquito screens installed in every window. The service was decent and they even brought in a fan for me. A boy who looked seventeen, judging from how I looked at that age, let me sign the guest register. I scribbled the name of my military unit in English and signed my name in Korean: Kim Jin-ho.

아버지가 말했다. 비는 더욱 줄기차게 내리고 있었다.

"제방이 뚫렸대요."

사람들이 아우성쳤다. 나는 혼자 웃었다. 미리 떠나버린 집 빈 구석방에 아베를 가둬놓고 왔던 것이다. 어머니는 밤새도록 밖에서 비를 맞으며 아베를 기다렸다. 나는 교실 마룻바닥에 누워 눈을 지레 감았다. 잠이 오지 않았다. 결국 더 참지 못하고 밖으로 뛰어나가 어머니한테 내가 한 짓을 말해 버렸다. 그리로 달려가는 어머니를 아버지가 붙들고 늘어졌다. 다음 날 날이 개었다. 우리 식구들은 새벽같이 우리들이 살던 동네로 달려갔다. 우리 동네의 토담집들은 흔적도 없이 물에 쓸려 가버렸다. 어머니가 그 개울 바닥이 된 집터를 허둥허둥 뛰어다녔다. 아베의 흔적은 아무 데도 없었다. 그러나 그날 오후 우리들은 언덕 위에 있는 파출소에서 아베를 찾았다. 아……아……베…… 그는 어머니 품에 안겨 킁킁거렸다. 아베의 나이 스물한 살 때였다.

"천덕꾸러기가 명은 길대요."

이웃 사람들이 혀를 차면서 말했다.

"미스터 김이 찾고 계시는 분이 남자예요, 여자예요?"

소나기가 지나가면서 다시 햇볕이 유리창으로 비껴

"What's this?" he asked, pointing at the scribbled English words.

I noticed a sign posted next to the room rates: *Get a Reward for Reporting North Korean Spies and Give them a Bright Future!*

"Don't worry, I'm not a spy!" I handed him five thousand-*won* notes. "Hey, can you run an errand for me?"

The boy was shy. He brought me a piece of paper as requested and I drew a rough map that showed the houses of Jae-du, Hyeong-pyo, and Seok-pil, explaining it in detail.

"If they're not home, just leave a message for them to come here when they get back. These two lived in rented rooms, so they might have moved out. If possible, just find out where they moved. Hey, do you need more money?"

"No, no!" He waved his hands in front of his face and left.

On my way back to my room from the motel bathhouse ten minutes later, several men suddenly encircled me. Behind them stood three men in police uniforms. They dragged me to my room where I showed them my ID. I was strangely unperturbed the entire time.

들었다. 미스 박이 창에 커튼을 펴면서 물었다. 남자예요, 여자예요?

"글쎄요. 그것부터 맞혀보십시오."

그네가 고개를 살래살래 흔들며 웃었다.

"숙젭니다. 다음 주 토요일 서울에서 다시 만날 때까지 시간을 드리겠습니다."

"어머머……."

그네가 밉지 않게 눈을 흘기면서 마치 내 등이라도 때릴 것처럼 손을 들어 올렸다 놓았다. 나는 머릿속에서 그네와의 정사를 그려보았다. 그네의 벌거벗은 몸뚱이가 보였다. 나는 고개를 저어 그 생각을 지워버렸다. 벌거벗은 계집애, 그것은 정희였던 것이다.

"정말 다음 주에 또 서울 나오시는 거예요?"

그네가 스스럼없이 웃어 보이며 물었다. 버스가 서울 변두리 고개를 넘고 있었다. 가슴이 뛰었다.

"미스 박을 만나기 위해 또 나옵니다."

"제가 오늘 커피 사 드리겠어요. 고국에 오신 기념으로요."

나는 고개를 저어 보였다. 고개 위에서 내려다보이는 서울 도심의 매연 자욱한 하늘이 내게 형언할 수 없는

"Sorry. We're on alert these days because of a string of heinous crimes."

I breathed a sigh of relief, glad none of them knew me. I can still remember the police lockup where my friends and I had been detained. I pulled a carton of Winston cigarettes from my bag and gave it to them. When they left, the motel owner and the boy laid down the 5,000 *won* in front of me.

"Hey, keep it. It's not your fault," I said gently.

"Uncle, I'll make sure to bring those people here," the boy said, hanging his head.

"Okay." I stretched slowly and lay on my back.

Gazing at the patterns on the ceiling, I decided I needed a fresh start. I knew I was here for a mission—for my devastated mother and Mr. Lee's depressingly flat-chested daughter—though what exactly that was escaped me. I wanted to be indispensable to them and longed for power to surge through me so that I could pour life back into them. But I was always overcome by a feeling of helplessness, daunted by the difficulty of leading a creative life in the behemoth that is America. This feeling of despair stemmed from my language complex that I'd had since I immigrated there at 18. Unlike my siblings, I gave up on my studies, drawn

불안을 안겨주었다. 영내를 빠져나올 때의 그 어깨 우쭐함이 버스 속 미스 박과의 허황된 대화를 통해 여지없이 박살난 사실을 나는 깨닫고 있었다. 비로소 내 몸뚱이가 꺽다리들 겨드랑이에 겨우 미치는 그런 단신이란 열패감이 가슴으로 밀려왔다. 재두, 형표, 석필이 얼굴이 떠올랐다. 나는 문득 내 옆에 앉은 여자 앞에 내 팔뚝을 내보였다. 기다란 칼자국 그 꼭대기로 움푹 들어간 두 개의 담뱃불로 지진 자국이 선명히 드러나 있었다.

"이담에 만나 설명해 드리겠습니다."

놀란 그네를 향해 내가 말했다. 버스가 종점에 닿고 있었다. 그네는 서둘러 수첩을 찢어낸 다음 거기다가 자기 이름과 전화번호를 적어 내게 건넸다. 나는 그 메모 쪽지를 받아 넣고 뒤도 돌아보지 않은 채 버스에서 내리자 인파 속으로 섞여들었다.

4년 전과 다름없이 우리가 살던 산동네로 가는 노선의 시내버스는 초만원이었다. 나는 그 만원 버스 속에 땀내 나는 사람들과 살을 비비고 서서야 비로소 내가 한국 땅에 다시 돌아왔다는 감회에 젖을 수 있었다.

큰 건물이 몇 개 더 들어섰을 뿐 산동네의 길은 여전히 좁았고 산비탈의 집들은 다닥다닥 처마를 맞댄 채

instead to the American social system that paid people for the amount of work they put in, whatever their job—high or low—regardless of their educational background. In this sense, America was utopia.

Before joining the military to get my ticket back to Korea, I'd been a gas station attendant, a car-wash hose-man, and an employee at fish markets or green groceries run by Korean-Americans. My fellow workers were all college graduates from Korea and Mr. Lee even used to teach in college before he came to America, but they all seemed to be content with their present lives. They saw no reason to look beyond material values, to think about how their lives could contribute to something greater. I grew disgusted with their American, uninspired working-class way of life. Against her will, I hauled my mother to a Korean church where the congregants sought salvation by wailing and slapping the floor. No, they weren't redeemed. They just believed they were redeemed. The reverend prayed for my mother. It was not about saving her soul, though. He simply wanted another churchgoer. She went to church for about five weeks, but only because she was forced to by my

게딱지처럼 달라붙어 있었다.

4년 전보다 TV 안테나가 훨씬 더 많이 눈에 띄었다. 나는 고개를 숙인 채 시장통을 급히 걸었다. 아는 사람을 만날 것 같은 두려움 때문이었다. 극장 옆에 못 보던 여관 하나가 제법 반듯한 규모로 서 있고 그 앞에 관광 표지판이 하나 서 있었다. 산동네 뒷산 사찰 이름들이 크게 쓰여 있었다. 천수 약수터란 데도 나타났다. 몇 년 전 형표 들과 어울려 놀던 그 뒷산 우리들의 터가 이제는 관광지로 변해 있었던 것이다.

여관은 창문마다 모기장이 쳐 있었다. 선풍기까지 내다주는 등 손님 대접이 괜찮았다. 열일곱 그때 내 나이쯤 돼 보이는 남자애가 숙박계를 가져왔다. 나는 거기다가 내 부대 이름을 영어로 갈겨썼다. 이름만은 한글로 썼다. 김진호.

"이게 뭐예요?"

여관 보이는 내가 갈겨쓴 영어를 기웃거리며 물었다. '숨은 간첩 신고하여 광명 주고 상금 타자.' 그런 표어가 여관 숙박요금표 옆에 붙어 있었다.

"인마, 나 간첩 아니니까 안심해!"

나는 그에게 천 원짜리 다섯 장을 주었다.

father. She was beyond saving.

"Let's all go to church today," Father said.

He did not go to church in Korea. Like Jeong-hui, Father grew accustomed to American life more quickly than the rest of us, changing completely after we arrived there and quickly adjusting to everything. In sharp contrast with Mother, who seemed to lose her will to live, Father seemed more full of life and vitality when we moved to America.

He was mostly jobless in Korea, not cut out for work. I thought it was in his nature, but life in Korea simply didn't suit his disposition. He was highly educated, and was a college student when the Korean War broke out. I was convinced that Father's passive and dispirited attitude was because he thought too much, typical of educated people. He had many jobs but never lasted more than a couple of months in any of them. I'm sure he tried his best for the sake of his children, but it was useless. After quitting each job, he would stay home for one or two months at a time and our tiny hovel would feel even more stifling. When he lay down in the small room, his large body seemed to fill it. Ahbe slept beside him, his mouth hanging open and smelling of rot. The retard adored Father like he

"너, 내 심부름 좀 해줄래?"

놈은 몹시 수줍어하며 내가 시키는 대로 종이쪽을 가져왔다. 나는 그 종이 위에다가 재두, 형표, 석필이네 집의 약도를 차례로 그리며 자세히 설명해주었다.

"집에 없으면 들어온 다음에 이리로 오라고 전해 놓고 오는 거야. 여기 이 두 집은 셋방살이하는 집이니까 아마 이사 갔을는지도 모른다. 가능하면 그 이사 간 데까지 알아오는 거야. 너, 돈 더 필요해?"

"아, 아니에요!"

놈은 두 손을 휘저어대며 물러갔다. 그가 물러가고 10분쯤 후에 나는 여러 사내에게 둘러싸였다. 그 여관 간이 목욕탕에서 샤워를 하고 내 방으로 돌아오는데 그들이 나를 에워쌌다. 사복 차림의 사내들 뒤에 경찰 정복을 입은 사람도 셋이나 보였다. 내 방까지 끌려가 그들에게 신분증을 꺼내 보였다. 어쩐 일인지 나는 하나도 불쾌하지 않았다.

"이거 정말 미안합니다. 요즘 서울에 강력 범죄가 여럿 생겨서 비상이 내려 있기 때문입니다."

나는 숨을 내쉬었다. 다행스럽게도 그들 중에는 내가 아는 얼굴이 없었기 때문이다. 형표 들과 함께 드나들

did Mother because Father really cared for him and even played like a kid with him, though Ahbe was almost 30 then. I used to tell my friends that, without hesitation, there were actually two retards in my family.

Father would try to work as a day laborer at construction sites but his plump frame, fair skin and thick glasses made him stand out. The foremen ignored him or refused to give him work, saying he wasn't quite right for the job. At the time, Mother was juggling her job as an insurance collector while running the household. She told him he could stop trying to find work as a day laborer. The change in him began when he received letters of invitation and financial guarantee from his sister, who was now in America, for our immigration.

"Let's go!" he yipped, thrusting the letter in front of Mother when she came home. When our immigration papers were almost finalized, he took a crash course on welding at a private institute in Cheonggyecheon even while he was busy learning conversational English. He tried to learn everything that people told him was necessary to live in America. He even studied basic self-defense in a taekwondo gym. He was almost 50 and it was

던 그 낯익은 경찰서 유치장이 떠올랐다. 나는 그들에게 가방에서 꺼낸 윈스턴 한 케이스를 내밀었다. 그들은 물러갔다. 여관 주인과 먼저의 그 사내애가 내 앞에 오천 원을 그대로 내놓았다.

"인마, 넣어둬. 네가 잘못한 게 아냐!"

나는 점잖게 한마디 했다.

"아저씨, 제가 그 사람들 꼭 찾아서 이리 데리고 오겠어요."

사내애가 아직 얼굴을 잘 들지 못한 채 말했다. 오케이. 나는 길게 기지개를 켠 다음 방바닥에 벌렁 드러누웠다.

천장의 무늬를 바라보면서 나는 생각했다. 그래, 여기시부터 시작하는 거다. 그것이 무엇인지 확실하지는 않았지만 나는 내가 해야 할 일이 있음을 벌써부터 생각해 왔다. 폐인이 돼 버린 어머니를 위해서, 그 빈약한 젖가슴을 바라보면 가슴이 쓸쓸해지는 이 씨 딸을 위해서. 나는 그네들에게 필요한 사람이 되고 싶었던 것이다. 뭔가 그들을 싱싱하게 소생시켜놓을 그런 힘이 내 몸속에서 분수처럼 솟아오르길 얼마나 고대해 왔던가. 그러나 번번이 자신이 그네들 이상으로 무기력한 상태

painful to watch him toss and turn in bed, groaning in pain after spending the day at the gym. He even went to driving school. He was more excited than any of us children, and America welcomed him as if to vindicate his excitement. He immediately got a job as a cleaner at a general hospital. This time, he neither looked awkward nor wretched. He was satisfied with his job and looked happy when he gave Mother the 300 dollars he made each week with his own hands. After some time, he also moonlighted as a security guard at the hospital. But though he looked haggard working 16-hour days, he nevertheless brimmed with life.

It was Mother who was the problem.

"*Oppa*, let's put her in a mental hospital," my aunt suggested sometimes when she visited.

But Father would shake his head, or simply pretend he hadn't heard her. From the beginning, Mother's condition didn't seem to bother him much and he would only look at her for long periods of time without saying anything.

"Here in America, both husband and wife should work," my aunt said, loud enough for Mother to hear. She had divorced the old black man and was living by herself now. She had opened a wig shop

에 놓여 있음을 깨닫지 않으면 안 되었다. 미국이란 커다란 괴물 속에서 나는 결코 창조적 삶을 꾸려나갈 수 없었다. 그것은 열여덟 나이로 이민을 가 처음 부딪친 언어의 장벽을 뚫지 못한 나의 심한 콤플렉스에 기인해 있다. 동생들과는 달리 학교를 포기했다. 학교 대신 직업의 귀천 없이 자기가 일한 만큼의 급료를 주머니에 넣을 수 있는 미국 사회 구조에 매혹되었다. 그런 면에서 미국은 가히 유토피아였다. 한국에 나오기 위해 군대에 들어가기 전 나는 주유소 펌프맨, 그리고 세차장의 호스맨, 혹은 교포들이 경영하는 생선 가게나 청과점에서 일했다. 한국에서 대학을 나온 사람들이 나와 함께 일했다. 이 씨만 해도 한국에서 대학 강단에 섰던 경력을 가지고 있다. 그들은 현재 자기의 삶의 방식을 다 옳은 것으로 생각하고 있었다. 그들은 물질의 가치 그 이상의 것을 생각하고 싶어 하지 않았다. 자기의 삶이 그 어떤 커다란 것에 보탬이 돼야 한다는 것을 용납하려 들지 않았다. 나는 이러한 비창조적인 미국식 서민 생활에 혐오감을 갖기 시작했다. 나는 어머니를 끌고 한인교회에도 나가봤다. 물론 그들은 거기서 마룻바닥을 치며 통곡했다. 그렇게 그들은 구원받고 있었다.

with a Korean American business partner.

"The money Jin-ho and I make is more than enough for the family," Father said, trying to defend Mother.

"She wasn't like this in Korea. What happened?"

"Time will cure her," Father said lightly, then made an excuse to leave.

Mother stood staring vacantly out the window, her gaze fixed somewhere on the distant horizon.

"Take good care of your mom, kids," Father always said when he left for work.

We would all be on guard, checking on her every now and then, not wanting to be complicit in her suicide. Most of the time, she would lie down in her room like a dead log, or she would sit on the bench outside the apartment, staring vacantly at the shabby old men. She was only middle-aged and was still slim and pretty, and some of them made advances to her. Each time, Mother would quickly get to her feet and come home.

Another striking change in Mother, whom we'd never seen cry, growing up, was the frequency of her tears. Even that time I'd locked Ahbe up in the empty house, she waited all night in the rain without shedding a tear. But she started weeping the

아니다. 구원받는 게 아니라 구원받았다고 생각하고 있었을 뿐이다. 목사가 어머니를 위해 기도했다. 어머니의 영혼을 구제하기 위한 내용이 아니었다. 어머니가 그 교회 식구가 돼 준 데 대한 환영 일색의 내용이었다. 어머니는 아버지에게 끌려 다섯 주일쯤 교회에 나갔을 뿐이다. 아무것도 어머니를 구원할 수 없었다.

"얘들아, 오늘은 모두 교회에 나가자."

아버지가 말했다. 한국에서 아버지는 교회에 다니지 않았다. 우리 식구 중에서 미국 생활에 제일 빨리 적응한 사람은 정희와 아버지였다. 미국에 오면서 아버지는 180도로 사람이 달라졌다. 미국의 모든 것이 아버지에게 잘 맞았다.

어머니가 한국에서의 그 강인한 생활력을 잃고 폐인이 돼 버린 것과는 너무나 대조적으로 아버지는 싱싱하게 부풀었다. 아버지는 한국에서 전형적인 실업자였다. 아버지에게 맞는 일이 아무것도 없었다. 나는 그것이 아버지의 체질이라고 생각했다. 아버지는 한국적 체질이 아니었다. 물론 아버지는 인텔리였다. 6·25가 났을 때 대학 재학 중이었다. 나는 아버지의 무기력하고 얼뜬 것 같은 생활 태도가 바로 배운 사람의 그 사변적 집

instant she set foot in the airport in America. She burst into tears, hanging on to her sister-in-law.

"Don't make a scene. Americans don't cry noisily like that," Aunt had told her.

"Let her cry," Father said.

"It'll become a habit," my aunt retorted.

Jeong-hui also rebuked her. "Stop it, Mom, you look pathetic!"

She still kept crying, soundlessly this time, the tears rolling down her cheeks.

Even Father got fed up one day. "That's enough."

Jin-gu, too, though he hardly ever spoke, put his foot down. "Stop crying, please, Mom? You're driving us crazy. We're your children too, aren't we?"

But each time, Mother would only take one of us in her arms and keep sobbing.

That was how she was. Even when we were in high spirits because something good had happened, she'd soon make us feel sad. All because of Ahbe. We gritted our teeth, forced to relive our memories of Korea. We could perfectly remember the empty lot where the mud-walled houses had been before they were swept away by the floods, and the hill we'd have to walk up breathlessly to the slums after getting off the jam-packed bus.

념에 기인한다고 생각해 왔다. 아버지는 많은 직장을 가졌지만 단 몇 달을 견디지 못하고 물러났다. 당신 스스로는 자식들을 위해서 견딜 수 있는 데까지 견뎌보기 위해 안간힘을 다했을 것이다. 그러나 번번이 헛일이었다. 직장을 그만두고 나면 한 달이고 두 달이고 집에 들어박혔다. 그때부터 가난하고 좁은 우리 집의 공간은 숨통이 막힌다. 아버지의 커다란 체구가 좁은 방 안을 가득 채우고 누워 있으면 그 옆에 아베가 입을 벌려 더러운 냄새를 뿜어내며 잠들어 있었다. 아베는 어머니만큼 아버지를 좋아했다. 아버지가 아베를 위했기 때문이다. 아버지는 가끔 서른이 가까워 오는 아베와 함께 어린아이처럼 놀았다.

우리 집엔 병신이 둘이다. 나는 내 친구들한테 서슴없이 말하곤 했다. 아버지는 가끔 남들처럼 막벌이를 하기 위해서 노동판에 섞이기도 했다. 그러나 아버지의 커다란 체구와 도수 높은 안경을 쓴 그 허여멀건 얼굴은 아버지가 하는 일에 너무 어울리지 않았다. 아버지에게 일을 시키던 사람들이 아예 아버지를 도외시하거나 그런 일을 할 사람이 아니라며 일거리를 주지 않았다. 보험회사 수금원으로 뛰면서 집안 살림까지 해 나

Soon we'd turn desolate.

"*Nuna*, you want to go back to Korea, too, right?" my youngest brother asked Jeong-hui.

"Are you kidding? That's the last thing I want to do."

"But..."

"Stop that sentimental bullshit," Jeong-hui shot back, flipping the channel on our secondhand color TV. "We're Americans now and you better accept it if you don't want to end up like Mother!" On the screen, a mother was telling her daughter how to use the pill while a couple had sex in the background.

"Uncle, are you sleeping?"

It had grown dark outside. The errand boy came in with a lamp. "This Jae-du had moved out a long time ago while this Hyeong-pyo was drafted to the military last year."

"And Seok-pil?"

"Ah, he'd moved to a neighborhood below so I went down to find him. They said he's still at the police station."

"Police station?"

"Nothing like that. Just for reservist duty. He

가는 어머니가 그러한 아버지를 아예 노동판에 나가지 못하게 했다.

아버지가 변하기 시작한 것은 미국 고모한테서 이민 초청장과 그것을 확인하는 재정보증서가 왔을 때부터였다.

"갑시다!"

밖에서 돌아온 어머니한테 이민 초청장을 내보이며 아버지가 흥분된 어조로 말했다. 이민이 거의 확실히 결정될 무렵 아버지는 영어회화를 배우는 틈틈이 청계천에 있는 용접 학원에서 속성으로 용접 기술까지 배우기 시작했다. 남이 좋다고 하는 것은 다 배우려고 했다. 태권도 도장까지 찾아가 호신에 필요한 훈련을 받기도 했다. 오십이 가까운 아버지가 태권도 도장에서 돌아와 몸을 뒤척이며 잠을 못 이루고 끙끙거리는 것을 본다는 것은 안타까운 일이었다. 물론 아버지는 한국에서 운전 기술까지 익히려고 했다. 이처럼 아버지는 아이들보다 더 들떠 있었다.

아버지의 흥분에 걸맞게 미국은 아버지를 받아들였다. 아버지는 어떤 종합병원의 청소부로 일했다. 하나도 어색해 뵈거나 천하지 않았다. 아버지 본인도 만족하고 있었다. 주당 130불을 받아다가 어머니 손에 쥐여 주면

works there as a reserve conscript instead of in the military. I left a message for him to come here as soon as he returns."

It dawned on me that four years was a long time. Thrilled to have completed his mission, the boy lingered in the doorway studying me. He looked like I did four years ago.

"Good job, kid. Why don't you order dinner for me. You can order some for yourself too."

"What would you like to have? Korean, Japanese...Chinese?"

"How about some ramen?"

"What? Do you really want to have ramen?"

The shock in his voice made me laugh. We would cook ramen whenever Mother came home late from her insurance job. It was Ahbe's favorite, but we never laid a portion out for him so Father would give him some of his own share.

"Uncle, why don't you try *japchae* rice from a Chinese restaurant? It's yummy and they have big servings."

"Okay, order *japchae* rice for you and *jjajangmyeon* for me. I miss having noodles with black sauce."

The boy scratched the back of his head bashfully

서 자기 손으로 돈을 벌었다는 데 대해서 무척 기꺼워하는 얼굴이었다. 얼마 후에는 그 병원의 야간 경비까지 맡아 하는 등 하루 열여섯 시간을 근무했다. 얼굴이 다소 야위긴 했어도 아버지는 우리들 눈에 싱싱해 보였다.

문제는 어머니였다.

"오빠, 올케를 정신병원에 입원시킵시다."

고모가 가끔 찾아와 말했다. 그러나 아버지는 고개를 저었다. 어떤 때는 아예 들은 척도 안 했다. 처음부터 아버지는 어머니의 그 멍청한 증세에 대해서 별다른 반응을 보이지 않았다. 그저 묵묵히 어머니를 바라보고 있었을 뿐이다.

"여기선 부부가 함께 벌어야 살아요."

고모가 어머니의 귀를 겨냥한 말을 했다. 고모는 그 늙은 흑인과 이혼하고 혼자 살고 있었다. 어떤 교포와 함께 가발 가게를 열고 있었다.

"내가 벌고 진호가 벌고…… 이 정도면 우리 식구 잘 살 수 있어."

아버지가 어머니를 두둔하고 나섰다.

"올케가 한국에서는 안 그랬는데 왜 저렇게 됐대요?"

"세월이 가야 낫는 병이다."

and disappeared.

I opened my bag and pulled out a folded notebook from the bottom. I'd brought Mother's diary along when I left America, without Jeong-hui's knowledge. I hadn't opened it again since we read it together. Her writing wasn't clear and coherent since she had to write secretly in her spare time, but her elegant handwriting betrayed her learning, which had been kept hidden.

2

I married Mr. Choe Chang-bae in April, two months before the war broke out on June 25 in 1950. I was 21 years old. My maternal aunt set us up together after I graduated and started working as a teacher at a private elementary school where my late father had had some connections. Chang-bae, a college student, boarded at my aunt's in Gahoe-dong. His parents visited him and saw me when I went there to see my aunt, and they asked her to arrange the match. They were eager to marry him off not only because they thought me a good catch, but they were also desperate for a grandson. Chang-bae was a fourth-generation

아버지가 가볍게 대답하고 자리를 피했다. 어머니는 창가에 붙어 서서 끝닿는 데 없는 하늘 저쪽에 시선을 못 박은 채 멍청히 서 있었다.

"얘들아, 엄마 잘 살펴라."

아버지는 일 나갈 때마다 우리들에게 어머니를 잘 살피라고 당부했다. 우리는 문득 생각날 때마다 자살 방조자가 되지 않기 위해 허둥허둥 어머니의 소재를 확인하곤 했다. 어머니는 대체로 아파트 속에 죽은 듯 누워 있는 게 보통이었다. 가끔 아파트 아래 벤치에 앉아 그 흔해 빠진 늙은이들의 추접스런 몰골을 멀거니 바라보기도 했다. 늙은이들이 아직은 중년으로 얼굴과 몸매가 고운 어머니한테 추근추근 접근해 오기도 했다. 그럴 때마다 어머니는 빠르르 몸을 일으켜 집으로 돌아오곤 했다.

어머니에게 또 한 가지 유별나게 드러나는 점은 눈물이었다. 우리들은 자라면서 어머니가 우는 것은 단 한 번도 못 보았다. 내가 아베를 빈집 속에 가둬 놓고 말하지 않았을 때도 밤새도록 밖에서 비를 맞으며 기다리면서도 결코 울지 않던 어머니였다. 그러나 어머니는 미국 공항에 내리면서부터 울기 시작했다. 고모에게 달라붙어 울음을 터뜨렸다.

only son. My brother, too, felt it was his duty to marry me off before Mother died so he followed what they said without raising questions.

A few days before the wedding, Chang-bae sprung two conditions on me: he asked me to quit my job after our wedding, and to move in with my in-laws for a year until he graduated from college. Demands like these were normal at the time, but still, I thought they were unfair and grumbled to my old mother. She replied by quoting the old proverb about a married daughter no longer being a member of her own family. She said a woman from a respectable family would obey her bridegroom's wishes. Heeding her advice, I comforted myself and handed in my resignation letter to the school that I'd grown fond of. Before the wedding, dozens of Chang-bae's friends from Seoul National University who came to bring wedding gifts, harassed my brother and relatives. But my mother was so awed by her son-in-law's smartly dressed friends from college that she plied them with drinks until the wee hours of the morning. We were married in Seoul. Many guests came to wish us well and regarded us enviously, saying that we were a match made in heaven. We spent our first night together

"창피해요. 미국 사람들은 소리 내어 울지 않아요."

고모가 어머니를 핀잔주었다.

"울게 내버려두렴."

아버지가 말했다.

"울면 버릇이 돼요."

끝내 고모는 어머니의 울음을 용납하지 않을 기세로 나왔다.

"엄마, 울지 마. 청승맞아 못 보겠다."

정희마저 고모와 함께 핀잔주었다. 그때부터 어머니는 소리 내어 울지 않았다. 그러나 소리 내어 울지 않는 대신 어머니의 눈에는 눈물이 흐르고 있었다.

"당신 너무하는군."

어느 날 아버지마저도 어머니한테 그렇게 말했다.

"엄마, 그 눈물 좀 작작 흘려요. 정말 미치겠네."

"엄마, 우린 자식이 아냐?"

평소 말이 없는 진구마저도 어머니의 눈물을 용서하려 들지 않았다. 그럴 때마다 어머니는 우리들 중 하나를 끌어안고 흐느꼈다. 우리들의 어머니는 그랬다. 모처럼 밖에서 좋은 일이 생겨 희희낙락 돌아왔어도 어머니 때문에 우리들은 금세 우울해졌다. 아베, 아베 때문

in Seoul.

Chang-bae repeated what he had said the previous night while we were on the bus bound for his hometown. "Just one year..." He asked me to be patient and endure the wait, and I was determined to please him, whether it be one or several years. I didn't say anything and only held his hand tightly.

Saem, his hometown, was a 10-kilometer ride over a river from Chuncheon. It was a wealthy village with scenery that was more beautiful, and fields that were broader than I expected. My father-in-law had retired as the *myeon* vice chief and had taken up farming. He looked so young and lively he could have been mistaken for my husband's older brother. A third of the village's farmland belonged to their family, so he had plenty of farm work to do, with few relatives to help him, being an only son. But even though he owned a lot of land, the people held no resentment for him, and came pouring in from neighboring villages for the three-day feast for us, newlyweds.

The week I spent with my husband after we exchanged marriage vows felt like a dream. He was a promising law student, and my young parents-in-law were very kind to me. Even the fresh air of the

이다. 우리들은 이를 갈았다. 이를 갈면서 우리는 비로소 우리가 두고 온 고국을 생각했다. 폭우에 쓸려간 토담집 그 빈터도 보였고 만원 버스에서 내려 허덕허덕 숨 가쁘게 오르던 산동네도 보였다. 그럴 때면 가슴이 삭막하게 비곤 했다.

"누나, 한국에 가고 싶지?"

막내가 정희한테 물었다.

"얘, 웃기지 마, 생각만 해도 지긋지긋해 난."

"그래도……."

"너 참 센티하구나. 얘, 우린 미국 시민이야. 너 엄마처럼 안 되려면 정신 차려!"

정희가 막내를 쏘아붙이며 중고 천연색 TV의 채널을 후드득 돌렸다. 엄마가 어린 딸에게 경구 피임제 사용법을 일러주는 선정적 광고 뒤에 짙은 러브신이 펼쳐지고 있었다.

"아저씨, 잠 드셨어요?"

밖이 어두워 있었다. 여관 심부름하는 사내애가 방에 전등을 넣으며 말했다.

"이 사람 있잖아요. 재두란 이 사람은 벌써 오래전에

village that was to be my home, and the gentleness of its people helped lessen my anguish in letting him go back to Seoul. He was determined to pass the elite civil service exam before graduation, and his parents had ordered him not to come home until summer break. I focused my energy on learning the ways and habits of my in-laws so I could be a good wife and daughter-in-law, shaking off my longing for my mother, my brother and his family, and my students whom I could still imagine behind my closed eyes.

My in-laws and I had the sprawling twenty-room house to ourselves, and the Sim couple and their baby lived in a room beside the main gate. They seemed goodhearted and helped us run the house and outside errands, and I soon grew used to having them around.

My mother-in-law did all she could to prevent me from working in the kitchen. "You didn't come here to live with us just to cook for us," she said. She was 49 years old, two years older than my father-in-law, but she looked young like a new bride. No one would think that she wasn't in her 20s or 30s whenever she went out dressed nicely and having combed camellia oil into her hair. For

이사 갔구요, 형표란 분은 거기 그대로 살긴 하는데 작년에 군대에 갔대요."

"응, 석필이 이 사람은?"

"아 참, 이 사람은 바로 그 아랫동네로 이사 갔대요. 그래서 내가 찾아갔거든요. 그랬더니 경찰서 가서 아직 안 들어왔대요."

"경찰서?"

"그게 아니구요. 보충역으로 군대 때우는 방위병으로 거기 나가서 근무한대요. 들어오는 대로 이리 오라고 해 놨어요."

나는 비로소 4년 세월이 결코 짧은 것이 아니었다는 걸 실감했다. 심부름 갔다가 온 녀석은 제 소임을 다 마친 즐거움으로 문 앞에서 미뭇거리며 내 눈치를 살폈다. 4년 전의 내 모습을 보는 것 같았다.

"야, 수고했다. 나 뭐 적당한 걸로 저녁 좀 시켜줘라. 네 거까지 함께 시켜."

"뭐 잡수시겠어요? 한식, 일식…… 중국집도 있어요."

"라면도 파는 데 있냐?"

"네에? 라면을 잡숴요?"

녀석이 하도 놀란 목소리를 내서 나는 그만 웃음이

someone who raised an only son, she struck me as a broad-minded and magnanimous woman.

My father-in-law, even though he had studied in Japan in his youth, was accustomed to farm work and didn't avoid working alongside the other peasants in the paddy fields. He actually worked harder and was stronger than any of them.

"Sir, help me, please!" Mr. Sim called him once, having trouble moving the stepping-stone in the unfloored area between the rooms.

"How many times do I have to tell you? Don't you 'sir' me, just 'uncle' will do," my father-in-law answered, lifting the heavy stone effortlessly.

During rice planting season, he would have his lunch with the farm hands.

To my embarrassment, I always overslept. Though it was already spring and he didn't have to, my father-in-law would always wake up very early to burn firewood to heat the floor of my room, saying it wasn't good for health when the room got damp. The warmth of the floor would lull me deeper into sleep and I would wake up to the light pouring in through the window, keeping my hand on the iron handle of the door, too ashamed to open it. My father-in-law would have already left,

나왔다. 어머니가 보험 수금을 다니느라 늦게 돌아오는 날이면 우리들은 영락없이 라면을 끓였다. 아베가 좋아하는 것도 라면이었다. 우리들은 아베의 몫은 아예 끓이지도 않았다. 아버지가 당신의 그릇에서 반쯤 덜어 아베에게 가져다주었다.

"아저씨, 중국집에서 잡채밥 시켜요. 양도 아주 많구요, 맛도 기차요."

"그래, 잡채밥 하나하고 자장면 하나 시켜라. 난 자장면이 좋다."

녀석이 열없이 뒤통수를 긁으며 사라졌다. 나는 부대에서 가지고 나온 여행용 작은 가방을 열었다. 그 밑바닥에서 반으로 접힌 대학 노트를 꺼냈다. 미국을 떠날 때 정희도 모르게 가지고 온 어머니의 글이 적힌 노트였다. 정희와 함께 펴본 뒤 처음으로 열어보는 노트였다. 틈틈이 몰래 쓴 글이라 글체가 정연하지는 못했지만 글씨는 어머니의 숨은 학식을 드러내 보이게 달필이었다.

2

1950년 6·25사변이 일어나기 두 달 전인 4월 최창배

and my mother-in-law, sensing that I was awake, would call out, "I'm going to the upper village, dear." She'd be letting herself out the gate even before I could answer.

In the kitchen, I would find my breakfast on the table, under a cloth cover. I would have my breakfast with Mrs. Sim for company, but I felt ashamed all day long.

"Madam, would you like to go picking greens and herbs today?"

It was a little late for the season, but Tiger Boulder Gully behind the village was still covered with herbs and greens like fernbrakes, synurus, and clematis. I lost track of time gathering the fresh wild plants, my skirt drenched with dew up to my calves. Maybe because it was near midday, my belly felt strangely empty and queasy, so I picked some lady bell and chewed on the sprouts. But I found its usually sweet scent and taste repulsive and I started retching.

"Madam, since when have you been like this?" Mrs. Sim fussed, looking at me wide-eyed. When I told her the dry heaving started a few days ago, she threw down her basket of greens and herbs and started running downhill. Alone in the moun-

씨와 결혼했다. 내 나이 스물한 살, 여학교를 졸업하고 돌아가신 아버지와 관계가 있었던 사립 초등학교에서 아이들을 가르치고 있을 때 이모의 중매로 창배 씨와 인연을 맺게 된 것이다. 창배 씨는 가회동 이모네 집에 하숙을 하고 있는 대학생이었다. 이모네 집에 놀러간 나를 시골서 올라온 창배 씨 부모님들이 보고 이모한테 청을 넣어 이루어진 결혼이었다. 그의 부모님께서 결혼을 서두른 것은 마음에 드는 며느릿감을 놓치기 싫다는 욕심도 있었지만 무엇보다 어서 빨리 손자를 안아보고 싶은 간절한 바람 때문이었을 것이다. 창배 씨는 4대 독자였다. 우리 집 오빠 역시 어머니가 돌아가시기 전에 동생을 시집보내야 한다는 독자로서의 의무감 때문에 이것저것 따질 것 없이 저쪽에서 하자는 대로 따랐던 것이다. 결혼식을 며칠 앞두고 창배 씨는 일방적으로 두 가지 조건을 내놓았다. 결혼과 함께 직장 생활을 그만두고 시골 자기네 집에서 자기가 학교를 마치기까지 1년간 시집살이를 하라는 얘기였다. 당시로서는 그런 조건이 당연한 것이긴 했지만 나는 뭔가 억울한 생각이 들어 늙으신 어머님한테 어쩌면 좋으냐고 앙탈을 부렸다.

"애야, 출가외인이란다."

tain, I flushed and felt my heart race. I remembered how my mother-in-law would bring the three-year-old Hwa-sun from the Sims' to her room, as if she were her own grandchild. And she would always study my face, probably wondering if I was pregnant. Each time, I would feel my pulse quicken. Having married into a family that had produced only sons for generations, failing to give birth to one seemed to me an unforgivable crime.

When I came down from the hill, my mother-in-law was waiting for me at a shrine to the village deity. She took my basket and held my hand. "Your hands are cold. You are not alone anymore, dear. You have to be careful."

She walked ahead of me, quickening her steps. She told me that when she got pregnant she never went out or carried a water jar on her head. Walking briskly, she repeatedly asked me not to leave the house. When I opened the gate and entered the courtyard my father-in-law cleared his throat before going to the backyard. The next day, a well-known oriental medicine doctor from Chuncheon examined me and my mother-in-law started boiling herbal medicine using the hardwood charcoal that had hung in the storeroom. I had to keep

신랑 측 의견을 무조건 따르는 것이 백번 마땅한 양가 규수의 도리라는 어머니 말씀에 나는 아쉬운 마음을 달래며 정이 든 학교에 사표를 냈다. 함을 지고 온 창배 씨의 서울 대학 친구들 수십 명이 우리 집 오빠며 친척들을 짓궂게 애먹였다. 그래도 어머니께서는 번듯한 교복을 차려입은 사위 친구들이 대견해서 연해 벙글벙글 밤이 늦도록 붙잡고 술대접을 하셨다. 결혼식은 서울서 올렸다. 천생배필로 잘 만났구먼. 많은 하객들의 축하와 부러움의 눈길 속에 서울에서 첫날을 보냈다.

"1년만……."

창배 씨는 다음 날 고향 가는 차 속에서도 전날 밤 한 말을 다시 되풀이했다. 1년만 참고 견뎌달라는 얘기였다. 그때 내 심정은 1년이 아니라 몇 년이라도 지아비의 뜻이라면 따라야 마땅하다는 마음의 중심이 서 있었다. 대답 대신 나는 남편의 손을 꼬옥 잡아주었다.

창배 씨의 집은 춘천에서 강 하나를 건넌 이삼십 리 길의 샘골이라는 마을이었다. 생각했던 것보다 들이 넓고 둘러친 산수풍경이 아름다운 부촌이었다. 부면장을 지내시다 이제는 내놓고 농사일에만 전념하신다는 시아버님은 창배 씨의 형이라고 해도 속을 만큼 젊어 보

from going outside to avoid seeing anything un-pleasant. When somebody died at Chang Village, my father-in-law requested them to change the route of the funeral cortege so the bier wouldn't have to pass in front of our house. My mother-in-law especially prepared fruits and side dishes that appealed to me, and I was grateful for her kindness.

Every night, I would lie on my back and think of my husband's face, and I'd be filled with longing. "I'm carrying your child," I would say, talking to myself. "I'll be patient and hang on until you come home for summer break." I was thrilled by the thought of the child growing in my womb who would carry on the family line. I put my hands on my belly and prayed, in awe of life. My heart fluttered as I tried to grasp the miraculous idea that I would bring life into the world. Frogs croaked frantically in the paddies, which had been planted with rice and cleared of weeds.

Then the war broke out. Since the village was near the 38th parallel, I'd glimpsed trucks bearing the national flag a couple of times, on the main road along the river, carrying South Korean troops. But war descended on us without so much a gun-shot being fired. One day, we just woke up and the

이고 풍신이 좋으셨다. 샘골 논밭의 삼분의 일은 시댁의 것이라고 할 만큼 많은 농사를 짓고 계셨다. 독자 집안이라 가까운 친척이 거의 없는 시아버님께서는 그 많은 농사를 지으시면서도 남한테 인심을 잃은 일이 없어, 서울서 내려온 신랑 신부를 놓고 다시 잔치를 벌였을 때는 연 사나흘씩이나 인근 마을 사람들이 몰려와 잔치를 벌였다.

나는 백년가약을 한 내 남편인 창배 씨와 함께 꿈같은 일주일을 보냈다. 남편은 그야말로 장래가 촉망되는 법학도였고 늙지 않으신 시부모님 또한 나를 끔찍이 위해 주셨다. 내가 살아야 할 샘골의 공기와 그 속에 사는 사람들의 인심 또한 비단결처럼 고왔기 때문에 나는 별 괴로움 없이 남편을 떠나보낼 수 있었던 것이다.

창배 씨는 서울로 돌아갔다. 졸업 전에 고등고시에 합격하겠다는 결심으로 떠났고, 시부모님 역시 여름방학 전에는 일절 집에 내려와서는 안 된다는 엄한 말씀을 해서 보냈다. 나는 그동안 시부모님 모시고 시댁의 가풍과 법도를 익혀 좋은 아내, 착한 며느리가 되겠다는 일념으로 눈을 감으면 떠오르는 서울 어머니와 오빠네 식구들, 그리고 내가 가르치던 어린 눈들에 대한 그리

world had changed. Unfamiliar troops rampaged through the village, the crop-haired soldiers seemingly still in their teens with soft down on their faces. They passed the village talking loudly in strong accents that belied their young looks. Some of the villagers I'd seen every day were now wearing red armbands, and looked the rest of us up and down in a completely different way.

The news spread from Chang Village that the firing squad had killed the families of the town mayor and policemen.

"Sir, flee before it's too late!" Mr. Sim, Hwa-sun's father, who had also donned a red armband, pleaded with my father-in-law.

"Why, what did I do wrong? Are you going to turn me in?"

"No, Sir. That's not what I meant. I was just thinking you should hide for a while..." Mr. Sim looked confused. He didn't know what to do with my stubborn father-in-law. Finally, some officers from the newly created security department at Chang Village's township office came to arrest him. "I'll be back soon, dear," he said as they dragged him away. "You take care of yourself and your mother-in-law in the meantime."

움을 미련 없이 떨쳐버리려 노력을 했다. 이십 칸 커다란 집에 시부모님과 나, 이렇게 셋이 오롯이 살았다. 행랑채에는 집 안팎살림을 거들어주는 심 서방 내외가 애기 하나를 데리고 살았다. 그들 내외는 모두 심성이 착한 사람으로 보여 한집에 살기 거북한 일이 없이 무척 임의로웠다.

시어머님께서는 내가 부엌일을 하는 것을 극구 말리셨다.

"너를 여기 둔 것은 네가 한 밥을 얻어먹자고 그런 것이 아니다."

시어머님은 시아버님보다 두 살 위인 마흔아홉이셨는데 꼭 새댁처럼 젊으셨다. 동백기름으로 검은 머리를 곱게 빗은 뒤 옷을 단정히 차려입고 나서시는 것을 보면 누가 보아도 삼십 안팎이었다. 외아들을 키운 이답지 않게 마음이 넓고 활달하셨다.

시아버님은 일본까지 가 공부한 이답지 않게 농사일이 몸에 배어 일꾼들과 함께 직접 논밭에 드셨다. 어느 누구보다 부지런하고 힘 또한 좋으셨다.

"어르신네, 이것 좀 거들어 주셔야겠어유."

봉당 아래 댓돌을 다른 것으로 바꿔 놓느라 끙끙거리

My mother-in-law and I did not worry too much, not believing that his having served as the *myeon* vice chief and owning a lot of farmland would be considered crimes.

"Why is he not home yet?" my mother-in-law cried, fretting about her son's safety as the war wore on.

According to them, the People's Army would conquer Seoul and liberate the South as far as Busan soon. I prayed that my husband had fled south. Strange, but I found myself worrying more about him than my mother and my brother's family in Seoul. I couldn't understand my own state of mind. Everyday, I dreamed of my husband, that he was bleeding out somewhere alone; possibly, I'd have these dreams because of the news of all the killings in Chang Village. I would wake up in a cold sweat, trembling in fear, worse than what I'd felt when they dragged my father-in-law away. Only the thought that my anxiety might harm my unborn child helped me harden my resolve and live with my fears.

"I can't do anything about it, madam comrade," Mr. Sim said as he helped the other villagers with red armbands carry out the sacks of rice from our

던 심 서방이 시아버님을 불렀다.

"예끼 이 사람, 그렇게 말해두 자꾸 어르신네가 뭔가. 나 자네 아저씰세 아저씨야."

그러면서 그 무거운 댓돌을 번쩍 들어 올리시곤 했다. 모심는 데 점심을 내가도 일꾼들과 함께 어울려 잡수셨다.

나는 새벽마다 늦잠을 자 그 송구스러움이 말 못 할 지경이었다. 철이 봄인지라 그러지 않아도 되었는데 시아버님은 새벽같이 일어나 내가 자는 방에 군불을 꼭 지피셨다. 방에 누기가 차면 몸에 좋지 않다는 것이었다. 나는 새벽녘 방바닥의 따스한 온기에 취해 그만 늦잠을 자곤 했던 것이다. 일어나 보면 어느덧 창에 햇빛이 비쳐들어 나는 겸연쩍고 부끄러워 방 문고리를 잡고 머뭇거려야 했다. 그러나 시아버님은 이미 밖에 나가시고 내가 일어난 낌새를 차린 시어머님께서 내 방에 대고 말씀하셨다.

"애 아가, 나 저 웃말 좀 다녀오마."

내가 미처 대답도 하기 전에 시어머님은 대문을 나서고 계셨다. 부엌에 나가보면 내 몫의 밥상이 차려져 보자기에 덮여 있었다. 행랑채 강릉집이 친구가 돼 아침을 함께 먹으면서도 나는 하루 내내 겸연쩍었다.

storeroom and load them onto a cart. He said he had even defied orders to evict us to the room by the gate and take over the main house, for old time's sake.

"They said if the young master comes home, you must report it or he'll be punished severely," Mrs. Sim told my mother-in-law on behalf of her husband.

"What has he done wrong?"

"How do I know? My husband just said so. He said he's doing you a big favor and you'd better follow what he says if you want to avoid disaster."

Since the war had broken out, the kind-hearted couple had changed completely, but my mother-in-law retained her dignity and heart. She forced me to stay in the attic, never allowing me to go out. Sometimes, she'd go to the town office to get news about her husband. They told her someone had reported seeing her son, who was studying in Seoul, in Chuncheon, and that if he surrendered himself, they would convene the people's court. It seemed to confirm what Mr. Sim had said. Hardly anything made sense to us anymore, and my mother-in-law and I had no choice but to go on like deaf and dumb people. Our neighbors stopped

"아씨, 오늘 우리 나물 뜯으려 갈려우?"

철이 좀 늦긴 했어도 뒷산 범바위골에는 수리취, 어아리, 더덕, 고사리, 고비가 지천이었다. 산 이슬에 장딴지까지 적셔가며 그 깨끗한 산나물을 뜯다보면 시간 가는 줄 몰랐다. 한낮이 다 돼서 그런가 나는 속이 이상하게 허하면서 메슥거렸다. 잔대 싹을 뜯어 씹어보았다. 향긋하고 고소한 맛이 그날따라 역했다. 나는 심한 헛구역질을 했다.

"아이구, 아씨, 언제부터 그렇대유?"

강릉댁이 눈을 크게 뜨고 호들갑을 떨었다. 나는 며칠 전부터 이런 헛구역질을 해 왔다.

강릉집은 내 얘기를 듣자 나물 뜯었던 다래끼를 집어 던지고 산 아래로 내리뛰었다. 나는 산속에 혼자 남겨진 채 얼굴을 붉혔다. 가슴이 뜨거워졌다. 시어머님은 행랑채 세 살 먹은 화순이를 당신의 손녀처럼 안방에 데려다가 길렀다. 그러면서 늘 내 눈치를 살피시는 품이 애기가 섰는가를 알아보려 하시는 것 같았다. 그럴 때마다 나는 가슴이 두근거렸다. 자손이 귀한 집에 시집와 자손을 낳지 못하는 죄만큼 더 무서울 게 없을 것 같았다.

seeing us, afraid of Mr. Sim. Meanwhile, my mother-in-law slept on the wooden veranda, leaving the gate open in the hope that her son might indeed be in Chuncheon.

A few days later, he came, passing through the hedge in the backyard instead of the gate. I was seeing him for the first time in three months, but the tears I'd held back for so long refused to come. He said he thought of fleeing south after the war began, but decided to come home against all odds for the sake of his family.

"Your father..." I was close to tears as he held my hands in the darkened room.

"I know. Those bastards just want to take everything we own, so it won't be a big deal." With that, he got up. He had decided to escape to Mt. Gongjak in Hongcheon together with his friends.

"What are you talking about, son?" My mother-in-law asked, pulling him down by the hand. My husband said that according to radio reports, the United Nations would soon enter the war, so the reds would be wiped out soon. He said they had to hide somewhere until then, since this was the worst part of the war for young people.

"Your wife is pregnant."

내가 산에서 내려왔을 때 시어머님께서는 서낭당 있는 데까지 마중을 나와 나물 다래끼를 받아 안으시며 내 손을 잡아주셨다.

"손이 차구나. 아가, 넌 이제 홑몸이 아니다. 몸을 조심해야 한다."

앞서 걷는 시어머님의 걸음이 무척 허둥거렸다. 당신이 애기를 배었을 때는 나들이는 물론이고 물동이 한 번 여본 일이 없었다고 하시면서 이제 너는 집에만 있어야 한다는 당부를 수없이 하시면서 허둥허둥 걷고 계셨다. 대문을 들어서니 마당에 서 계시던 시아버님은 어흠어흠 헛기침을 하시며 뒤꼍으로 돌아가셨다. 다음 날로 춘천에서 용하다는 한의가 다녀가고 시어머니가 광에 매달아 두었던 침숯으로 보약을 달이셨다. 나는 좋지 않은 것을 보지 않기 위해 대문 밖 출입을 삼갔다. 창말에서 장사가 났는데 그 상여가 우리 집 앞길을 통과하지 못하도록 시아버님께서는 미리 방책을 세워 그쪽에 연락을 하기도 했다. 시어머님은 내 입에 맞을 만한 과일이며 반찬에 무척 신경을 써주셨기에 나는 늘 몸 둘 바를 몰랐다.

나는 밤이면 몸을 반듯하게 누이고 그이의 얼굴을 떠

"What? Is she really...?" he asked, his voice loud. My hand flew to his mouth and he clasped it in his. Feeling his strong grip, I felt my tears come at last, running down my cheeks. I started weeping like a child. But he left that same night, without so much as a chance for me to see his face more clearly by the light of a lamp. After bidding him goodbye, I wept until daybreak into the quilt I had brought when we married. Mr. Sim broke the news from Chang Village to us the next evening.

"Madam comrade, you must be glad."

"Why, have they freed my husband?"

"No, but he's reunited with his son now."

"What are you talking about?"

"Comrade Chang-bae has been arrested." He explained how my husband was caught going to Sureong Gully to take a small boat bound for Chuncheon at dawn.

My mother-in-law collapsed on the veranda. She went down to Chang Village as soon as it was light and brought back a ray of hope. The highest-ranked official in the security department at the township office was a younger brother of her husband's friend from Japan. The official had broached the subject and said that he had done my father-

올렸다. 그리운 마음이 울컥 밀려왔다. 당신의 씨를 갖게 됐어요. 나는 마음속으로 말했다. 여름방학 때까지 참고 견디겠어요. 나는 비로소 한 집안의 대를 이을 자식을 내 몸속에 키우고 있다는 생각으로 가슴이 설레었다. 나는 두 손을 배 위에 가만히 얹고 새 생명에 대한 경외심으로 기도했다. 문득 내가 한 생명의 모체가 되었다는 이 신비한 사실이 믿어지지 않아 가슴이 두근거리기도 했다. 모내기한 뒤 애벌 논매기도 끝난 논에서는 개구리가 극성스럽게 울고 있었다.

그리고 난리였다. 3·8선이 가까워 마을 아래 강변 큰길을 따라 국방군 트럭이 태극기를 꽂고 지나다니는 것을 몇 번 보았지만 총소리 한 번 들어보지 못한 채 난리를 맞았다. 자고 일어나보니 세상이 바뀌었다. 생전 처음 보는 군대들이 마을을 휘젓고 다녔다. 머리를 빡빡 깎고 이제 솜털을 겨우 벗은 그런 열예닐곱쯤 돼 보이게 앳된 젊은이들이 보기와는 달리 억센 억양으로 떠들어대면서 마을을 지나갔다. 마을에서 늘 얼굴을 맞대던 사람들 몇이 붉은 완장을 차고 역시 어제와는 딴판인 눈으로 사람들 얼굴을 훑으며 돌아다녔다.

창말에서는 면장 등 지서 순경들 가족이 여럿 총살을

in-law a favor without which he would have suffered greatly.

"His older brother owed a lot to your father-in-law. Your father-in-law told me once that he'd paid the school fees of a bright friend who was too poor to continue his studies. It turns out that that friend is the older brother of this official." She brightened as if her husband and son would soon be released.

But Mr. Sim disagreed. "I heard the people's court will be held soon. Your husband served as the *myeon* vice chief and is accused of being a die-hard reactionary, so I doubt he'll survive, while Comrade Chang-bae came down here from Seoul with an undesirable ideology..." He said my husband had been arrested on charges of inciting young people to join an insurgency scheme.

"Mr. Sim, please tell me what we should do?" My mother-in-law who had not lost her dignity and calm until then finally pleaded with him.

"I'd wanted to tell you from the beginning, but I thought you wouldn't listen... There is one way I know of."

"Really? What's that?"

"The people's committee members in Chang Vil-

당했다는 소식이 올라왔다.

"어르신네, 얼른 피하시죠."

행랑채 화순이 아버지 심 서방이 시아버님한테 말했다. 심 서방도 붉은 완장을 차고 있었다.

"이 사람아, 내가 뭔 죄를 졌다구 피하나? 그래 자네가 날 잡아가겠나?"

"글쎄 어르신네, 그게 아니고 잠깐만 피하시면……."

심 서방은 무척 난처한 기색으로 절절 매었다. 시아버님은 꿈쩍도 안 하셨다. 그러다가 결국 끌려가셨다. 창말 면소재지에 생긴 내무서 사람들이 찾아와 시아버님을 끌고 간 것이다. 시아버님은 끌려가시면서 나한테 말했다.

"이기, 니 곧 돌아올 것이니 네 시어머니 모시고 몸조심해야 한다."

시어머님도 나도 시아버님이 부면장을 지내셨다는 일과 논을 많이 가지고 있다는 것이 설마 죄가 되겠느냔 생각으로 별로 걱정을 하지 않았다.

"애가 왜 안 오누?"

시어머님은 서울에서 난리를 맞은 아들 걱정으로 안절부절못하고 계셨다. 이미 서울도 인민군이 정복하고,

lage are saying your daughter-in-law should co-operate with them since she worked as a teacher in Seoul. That's what I heard."

"Cooperate how?" Her voice trembled in anger.

"They are upset that there are very few women comrades in Saem and Chang villages. Your daughter-in-law, being educated, should volunteer to teach children songs for General Kim Il-sung..."

"That's enough. Let's not talk about it anymore," she said resolutely.

"Please listen, madam comrade. While your daughter-in-law is in Chang Village to help them, she can also talk her husband into joining the volunteer army. I've thought about it carefully for days, and there is no other way than that for your husband and son to survive. Just trust me."

"You mean Chang-bae should join the People's Army?"

"Of course. That's the only way. But it's up to you."

Listening to them from my room, I felt a surge of hope. I lamented how I'd just stayed home without thinking of how to save my husband and father-in-law. I felt confident that I could rescue them. At that time I knew little about the world: why the war

그들 말로는 남조선을 곧 부산까지 해방시킨다고 했다. 나는 남편이 남쪽으로 피난을 떠났기를 바랐다. 이상한 일이었다. 서울에 두고 온 어머니와 오빠네 식구들 생각보다 남편의 신변이 더 걱정스러워지는 심사를 나는 이해할 수가 없었다. 나는 매일매일 남편을 꿈속에서 보았다. 남편은 피를 흘리고 있었다. 창말에서 사람이 많이 죽었다는 소식을 들었기 때문인지도 몰랐다. 나는 땀을 흘리면서 잠을 깨곤 했다. 전신이 덜덜 떨리는 무서움이었다. 난리가 나 시아버님이 붙잡혀 갈 때도 못 느낀 무서움이 온몸을 휩쓸었다. 나는 이래 가지고는 태아한테 좋지 않을 거라고 마음을 다잡아 먹으며 그 무서움을 참아냈다.

"마님 동무, 즈들로서두 으쩔 수 읎구먼유."

시댁의 광 속에 쌓아둔 곡식 가마를 들어내면서 심 서방이 말했다. 우리 식구를 행랑채로 내쫓고 자기들이 안채에 살라는 상부 지시를 어기고 있는 것만 해도 옛정을 못 잊어 그런다면서 심 서방은 붉은 완장을 찬 사람들과 곡식 가마를 달구지에 싣고 있었다.

"되련님 오시면 즉시 신고를 하시래유. 그래야 죄를 즉게 받는대유."

had begun, who was right or wrong in it all, what those close to me had to do with the war. I never thought that my collaboration was a crime, only that it would save the lives of my father-in-law and husband. So I prevailed upon my mother-in-law even though she became incensed when I first suggested it.

Don't they say birds of a feather flock together? Like those people with the red armbands who thought the same way. Mr. Sim had correctly read the mind of the gang in Chang Village and they welcomed me enthusiastically when I appeared. They introduced me to the official in charge of the security department, a man with narrow, cunning eyes. He repeated the words "revolutionary task" more than ten times as we talked. Once a day, I had to go around Chang and Saem villages to do what they demanded, while in the evenings I would read propaganda pamphlets to women and teach songs to children in an elementary school classroom.

A few days later they set my husband free after making him sign a pledge that he would join the volunteer troops. The arrangement was made by the security official, the brother of his father's

강릉집이 자기 남편의 말을 시어머님한테 전했다.

“우리 개가 뭔 죄가 있다고 그런다던가?”

“지가 뭘 아나유. 화순 아부지가 그냥 그러래유. 으르신네는 화순 아부지 덕을 많이 본다면서유. 화순 아부지 말대루만 잘 따르면 큰 화는 면할 거라구 하대유.”

그렇게 심성이 고와 보이던 내외가 세상이 바뀌면서 정말 야속할 정도로 사람이 변해 있었다. 그러나 시어머님은 언제나 꿋꿋하게 중심을 잃지 않으셨다.

시어머님은 나를 다락방에 가두고 일절 나오지 못하게 했다. 그러는 틈틈이 시어머님은 창말 면사무소까지 내려가 시아버님 안부를 가지고 올라오셨다. 그 사람들 얘기로는 서울서 공부하던 아들을 춘천에서 보았다는 사람이 있는데 그 아들이 자수해 오면 함께 인민재판을 열겠다는 얘기였다. 행랑채 심 서방 말과 통하는 바가 있었다. 도무지 납득이 안 가는 게 한두 가지가 아니었지만 시어머니와 나는 꿀 먹은 벙어리처럼 그냥 참고 지내는 수밖에 없었다. 행랑채 심 서방 때문에 마을 사람들이 우리 집에 발을 끊고 있었다. 그런데도 시어머님은 아들이 춘천에 와 있을는지 모른다는 생각에 매일 대문을 열어놓은 채 대청에서 주무셨다.

friend. He agreed on the condition that they release his father the same day he joined the army. In a matter of days, he'd acquired a haggard and downcast look.

"A good decision, Comrade Chang-bae," Mr. Sim told him. "They told me to keep an eye on you, so don't even think of pulling anything funny."

My husband nodded. That night, he told me he would join the volunteer army as compelled and then desert. I said it would be better if he simply fled, and that I would deal with the repercussions, but he shook his head, saying he would likely be captured even if he fled. Worse, they would not release his father.

"The war will end soon. I will escape and hide somewhere until I can return home when the war is over." He also gave me a piece of his mind on my collaboration with the people's committee in Chang Village. "I think you should avoid them. It's wrong to be engaged in those sort of activities." With that, however, he embraced me as if to say he understood why I did it. All the same, I felt as if the sky had fallen on me.

Seeing me disheartened, he caressed my belly. "Never mind, I just said that for our baby's sake.

그러나 며칠 뒤 남편은 대문이 아닌 뒤곁 울타리를 뚫고 들어왔다. 실로 석 달 만에 만나는 남편이었지만 나는 그렇게 참고 있던 눈물 한 방울 흘릴 경황이 아니었다. 난리가 나 피난을 떠날 수도 있었지만 시골 식구들 생각이 나 결국 어렵게 고향으로 돌아왔다는 것이었다.

"아버님이……."

내가 울먹이자 남편은 어둠 속에서 내 손을 잡았다.

"알고 있어. 그러나 저놈들이 우리 재산을 몽땅 뺏기 위해 그러는 거니까 별일은 없을 거야."

그러면서 남편은 춘천에 있는 친구들과 함께 홍천 공작산으로 피신하기로 했다면서 몸을 일으키는 게 아닌가.

"얘야, 그게 무슨 소리냐?"

시어머님이 어둠 속에서 남편의 손을 잡아 다시 앉혔다. 남편이 말했다. 라디오를 들으니 유엔군이 곧 참전하게 돼 있어 빨갱이 세상도 얼마 남지 않았다는 것이었다. 그래, 이때가 젊은 사람들한테 고비라며 당분간 몸을 피해 있어야 한다는 얘기였다.

"얘가 홑몸이 아니다."

어둠 속에서 시어머님이 남편한테 말했다.

"네? 이 사람이 애길……."

Take care of yourself and don't work too hard."

The next day, he left for Chuncheon with five other people from our village. Mr. Sim stuck a red flag on our main gate to signal that it was the house of a volunteer soldier. I saw my husband off at Chang Village. "I'll be back," he said, winking at me before he left. "Take care of yourself."

Autumn was setting in and the leaves of the poplars in the school playground were turning yellow. I was passing by the office of the people's committee and I overheard them whispering. Before, they would proudly declare that it was only a matter of time before they liberated the South, but the shadow on their faces told me the tide of war had turned against them. I quickened my steps, having no more reason to deal with them. In the morning, they freed my father-in-law and let him go home with my mother-in-law. Now all I could wish for was for the war to end soon so my husband could return home for the birth of our baby. But having sent him off, I felt empty and my steps heavy. The autumn wind blew near the shrine to the village deity, sending a shiver through the dry grass.

At the gate, I saw that the red flag was gone. I went in to see my father-in-law, bowing deeply.

남편이 목소릴 높였다. 내가 남편의 입을 막았다. 남편이 내 손을 더듬어 쥐었다. 남편의 손아귀에 힘이 쥐어지자 나도 모르게 눈물이 주르르 흘렀다. 무슨 장한 일을 하고 난 아이처럼 흐느낌이 쏟아졌다.

남편은 그 밤으로 떠났다. 호롱불을 밝혀 남편의 얼굴도 똑바로 쳐다보지 못한 채 남편을 떠나보내고 나는 시집올 때 해 가지고 온 이불에 얼굴을 묻고 날이 새도록 울었다.

그러나 다음 날 저녁 때 심 서방이 창말에서 기가 막힌 소식을 가지고 올라왔다.

"마님 동무, 좋으시게 됐어유."

"뭔가, 어른께서 나오시게 됐나?"

"웬걸유. 이제야 부자 분이 함께 반나시게 된 걸유."

"무슨 소릴 하는 건가?"

"창배 동무가 붙잡혔다는구먼유."

심 서방 얘기로는 새벽녘 춘천 나가는 쪽배를 타기 위해 수령골로 나가다가 잡혔다는 것이다. 시어머님이 대청마루에 주저앉으셨다. 그리고 다음 날 날이 새기가 무섭게 창말로 내려가셨다. 시어머님이 가지고 올라오신 소식은 그런대로 마음이 놓이는 것이었다.

His emaciated look pained me so much that I burst out crying. He reluctantly acknowledged my bow then turned away, putting a cigarette between his lips, refusing to speak to me. My heart sank.

"He's in a black mood," my mother-in-law told me outside the room.

He wouldn't even open his mouth after hearing that his son had been drafted to the volunteer army and his daughter-in-law had collaborated with the reds. When Mr. Sim showed up, he closed his eyes and refused to talk. For the first time since I arrived there, I felt lonely because of the silence that filled the house. My mother-in-law too had cooled in her manners until I felt I couldn't stand it any longer.

"Comrade Joo Gyong-hui," Mr Sim pestered me. "Why have you stopped going to the women's alliance?" He'd taken to calling me by name.

"Bastard! Aren't you afraid of Heaven!" The sliding door of the main room was abruptly pushed aside and my father-in-law barged in roaring. "You ingrate! My daughter-in-law is not a red!"

"Comrade sir, you disappoint me. Ingrate? Who do you think you have to thank for having a home to come back to? Because of me, you can continue to live in this house because I did not have it

면 내무서 제일 높은 사람이 시아버님과 일본에 가서 함께 공부하던 친구의 바로 친아우더란 것이었다. 그쪽에서 먼저 그런 얘길 꺼내면서 자기가 지금까지 봐주었기 때문에 시아버님이 무사하다는 공치사까지 하더란 것이다.

"그 사람 형님 되는 분이 느이 시아버지 신셀 많이 졌지. 늘 그러시더라. 머리가 좋아 공분 잘하는데 집이 원체 가난해서 공불 계속할 수가 없어 그 학빌 전부 대준 친구가 있다구. 그게 바로 그 사람 형님이라더구나."

이처럼 시어머님은 시아버님이나 내 남편이 금방 풀려날 것처럼 좋아하셨다.

그러나 행랑채 심 서방의 얘기는 그게 아니었다.

"인민재판이 곧 열릴 거리더구먼유. 칭배 동무는 서울서 불순한 사상을 가지구 시골 내려와가지구설랑……."

요는 내 남편이 지방 청년들을 모아 불순한 일을 꾸몄다는 그런 죄목으로 잡혔다는 것이었다.

"이보게, 심 서방. 자넨 이 일을 어떻게 했음 좋겠나?"

이제까지 그렇게 꿋꿋하게 중심을 잃지 않던 시어머님께서 심 서방한테 애원을 하고 나섰던 것이다.

"지가 진작부터 말씀드리려고 했습니다만, 뭐 되지두

seized. And if they find out that you, comrade sir, tore off the red flag this morning, you'll be in big trouble. Remember that!"

My father-in-law slammed the door even before Mr. Sim could finish talking, as if he couldn't stand to exchange another word with him. I didn't want things to get worse so I pleaded with Mrs. Sim to explain to them that I couldn't work any longer because the baby was due soon.

The atmosphere in the village changed. People's Army troops were heading north through the road alongside the river in front of the village. Planes had been bombarding Chuncheon and its surrounding areas for a long time now, so we were used to the sound of explosions, which could be heard as far as Saem Village. As it became increasingly clear that the winds of war would change again, the reds moved around Chang Village and Chuncheon with an even more savage look in their eyes. Many young people were dragged away and the yellowing fields rippled in the breeze with no one to take the harvest in.

One day, I woke up at dawn to find Mrs. Sim weeping prostrate at the courtyard of the house. Even three-year-old Hwa-sun was weeping be-

않을 소리 같아서……. 네, 방법이 하나 있긴 있습지유.”

“뭔가, 그 방법이란 게?”

“창말 멘 인멘위원회에서들 모두 나보고 이 집 메느님이 서울서 핵교 선상두 하고 했으니까 창말 내려와서 일을 협조하게 해야 헌다, 그런 말들이데유.”

“우리 며느리가 뭘 협조해야 한다는 게야?”

시어머님의 목소리가 분에 떨고 있었다.

“우리 샘말이나 창말에는 젊은 여성 동무가 벨로 읎다구 야단이데유. 이 집 메느님처럼 배운 분이 나서서 애들한테 김일성 수령님 노래두 가르치구…….”

“알았네. 그 얘긴 더 꺼내지도 말게.”

시어머님이 결연하게 잘라 말씀하셨다.

“아니에유, 마님 동무. 글쎄 지 말씀을 들으시리니께유. 메느님이 창말 내려가 일을 거들어 주시면서 창배 동무한테 의용군을 지원하라구 허세유. 내가 여러 날 곰곰이 생각해 봤는데 이 집 부자 분이 무사하게 살아날 길은 그것밖에는 뾰죽한 수가 없으니께유, 글쎄 지 말대루 해 보세유.”

“우리 창배더러 인민군엘 가란 말인가?”

“왜 아니래유. 글쎄 그 길밖에 없으니까 알아서들 허

side her.

"What have you done wrong?" my mother-in-law said, comforting her and taking Hwa-sun in her arms. "Life is like that. Let's forget the past and move on." Mrs. Sim said her husband had fled north under cover of darkness the previous night.

"I still can't believe a good-hearted person like Mr. Sim could change like that..."

"You're right, Madam. I don't know what happened. It's as if we were possessed."

But the world hadn't changed yet. In the daytime, remnants of the People's Army would appear in the village scrounging for food before they fled northward. The village was more chaotic than ever. Young village people who had gone into hiding in the mountains returned to exchange gunfire with People's Army soldiers. One time they captured a People's Army soldier hiding in a house and dragged him into a gold mine at the mountain behind the village. Village people poured in and captured Mrs. Sim and locked her up in a mud hut at the foot of the mountain.

What was most frightening was that no one in the village would come near us. My father-in-law would pace the yard sighing. It was impossible to

세유."

나는 내 방에서 두 사람이 나누는 얘기를 듣고 힘이 생겼다. 왜 내가 아직 집 안에 박혀 시아버님이나 남편을 구할 생각을 못했나 하는 후회였다. 나는 내 힘으로 그 두 사람을 구해 낼 수 있다는 자신이 생겼다. 나는 그때 세상 돌아가는 일에 대해서 너무나 아는 게 없었다. 난리가 왜 일어났는지, 누가 옳고 누가 그른 것인지. 나와 가까운 사람들이 난리와 무슨 상관이 있느냐 하는 그런 생각을 가지고 그 난리를 맞았던 것이다. 나는 내가 그들에게 잠시 협조한다는 것이 시아버님이나 남편을 구하는 의미 외에 어떠한 죄도 된다는 생각을 하지 않았다. 그랬기 때문에 나는 펄쩍 뛰는 시어머님을 그예 설득하고야 말았던 것이다.

초록은 동색이라고 역시 붉은 완장을 차고 설치는 심서방의 말은 창말 그 패들의 뜻과 통하는 바가 많았다. 나는 창말에 내려가 그들의 열렬한 환영을 받았다. 그들의 안내로 내무서 책임자도 만나보았다. 그는 눈이 작고 교활해 보이는 사람이었는데 나와 잠깐 이야기하는 동안에 혁명과업이란 말을 열 번도 더 써먹었다. 나는 하루에 한 번씩 창말과 샘말을 돌아다니며 그들이

know what had become of my husband since there was no news of him and the other young people who were drafted with him. It was such a trying time that I would have preferred to hide in a tiny rat hole. My father-in-law's sighs pierced my heart and I felt helpless and without hope. Meanwhile, my mother-in-law wouldn't fail to place her hand on my swollen belly everyday. "Don't be sad, dear. You're not alone." Each time, I would feel hot tears streaming down my cheeks. I wanted nothing more than to have my husband return so I could unburden my heart to him and weep in his lap.

"Come here, dear," my mother-in-law said, taking my hand when I came back from the vegetable patch one afternoon, and led me to a neighbor's place some distance from our house. She was trembling and white as a sheet.

"Mother, what's wrong?" I asked her several times, but all she would say was "Nothing," still trembling all the while. I grew more nervous, certain that she was hiding some terrible news to protect me and my unborn child. Then we heard several gunshots from the direction of our house. She slumped to the ground but picked herself up again and ran towards the house.

시키는 일을 했다. 저녁에 초등학교 교실에 부녀자들을 모아놓고 그들이 주는 선전 책자도 읽어주었고 아이들에게 노래도 가르쳤다.

그들은 며칠 가지 않아 남편을 풀어주었다. 남편은 시아버님의 친구 동생이라는 내무서 사람을 통해서 의용군에 지원한다는 각서를 쓰고 풀려난 것이다. 남편이 의용군에 들어가는 날로 시아버님을 풀어주겠다는 조건이 있었다. 남편은 며칠 사이에 몹시 수척해 있었고 또한 풀이 죽어 있었다.

"창배 동무, 참 잘 생각허신 일이유."

심 서방이 남편한테 말했다.

"글쎄 절 보구 창배 동무를 감시하라는구먼유. 그러니까 딴생각은 마시는 게 좋겠구먼유."

남편은 고개를 끄덕거렸다. 그리고 그날 밤 내게 말했다. 시키는 대로 의용군으로 들어가 도망을 치겠다는 의견이었다. 내가 뒷일을 책임질 것이니 몸을 피하라고 하자 고개를 설레설레 흔들었다. 도망을 쳐봤자 잡히게 될 확률이 더 많을 뿐더러 시아버님이 풀려나지 못하게 될 게 아니냔 것이었다.

"이제 전쟁은 머지않았다구. 내 곧 도망쳐 어디 숨어

My father-in-law lay on the wooden veranda of the main hall, blood dripping from the floor to the ground. Long after the gunshots were fired, the village people who had shunned us until then came in one by one. The dining table lay upended on the floor. Only later that night, after she had recovered her senses, did my mother-in-law tell me what had happened.

Two red soldiers had come to the house waving guns and demanding food. My father-in-law signaled her to set the table and talked to the soldiers about this and that while she prepared food in the kitchen. She thought maybe he was trying to get news about their son. But he slipped into the kitchen and whispered to her. "Set the table then go and make sure our daughter-in-law doesn't come here. I'll try to capture them." With that, he returned to the wooden veranda. Something must have gone wrong while we were hiding at the neighbor's.

I was too stunned to weep. My father-in-law's sudden and tragic death made me feel as though the world were caving in. But the hearts of people are truly a strange thing. The village people who had cut off all ties with us kept vigil with us all night, grieving his death at the hands of People's

있다가 전쟁이 끝나면 집에 돌아오겠소."

남편은 그동안 내가 창말 인민위원회 패들 놀음에 놀아난 일을 두고 한마디 했다.

"당신 거기 안 껴드는 건데 잘못한 거 같아."

말은 그렇게 하면서도 남편은 그동안의 내 입장을 이해해 준다는 뜻으로 나를 가슴에 안았다. 그러나 나는 남편의 그 한마디 말에 하늘이 내려앉는 느낌이었다. 내가 하도 실심해 하니까 남편은 내 배를 쓰다듬으며, "신경 쓸 거 없어요. 내 얘긴 우리 애길 생각해서 그런 거라구. 당신 몸조심하라는 얘기지. 무릴 하면 못써요."

남편은 그 다음 날로 마을 사람 다섯과 함께 춘천으로 떠났다. 심 서방은 우리 집 대문에 붉은 깃발을 꽂았다. 의용군의 집이라는 의미였다.

"내 꼭 살아 돌아올 거라구. 몸조심해야 돼요."

남편은 내게 아이처럼 눈을 찔끔해 보이면서 떠났다.

가을로 접어들고 있었다. 초등학교 운동장에 둘러선 미루나무 잎이 누렇게 물들어가고 있었다. 나는 내가 며칠 일하던 인민위원회 사무실 앞을 지나다가 그들이 수군거리는 소리를 들었다. 남조선을 해방시키는 것은 시간문제라고 떠들던 그들이 얼굴에 그늘을 깔고 수군

Army soldiers more than they might mourn their own parents. The women withdrew their steely glares and greeted me with gentle eyes. It was impossible to have a proper funeral because of the war so we gave him temporary burial on a hill behind the village. My mother-in-law couldn't move her legs so our female neighbors supported her in their arms. Even then, it was me she fretted about, asking, "Are you all right, dear?"

The two of us donned white clothes for mourning and passed the days in the twenty-room house that felt even bigger for its emptiness. But our sadness was not without hope—one of us waiting for her husband, the other for her son. She would fondle my belly and click her tongue sadly.

"I'm all right, Mother, don't worry."

I had no doubt that the baby inside me would be unscathed by all the suffering and enter the world with a resounding cry to be raised as one blessed. I clung to the belief that Heaven couldn't possibly inflict more pain on me than what I'd already had to endure. But Heaven didn't lift the curse at all. Who knew, the curse might only have been inflicted on my body from that point on?

"The Allies' advance team passed Chang Village,"

거리는 걸로 미루어 전세가 그들에게 매우 불리한 모양이라고 나는 생각하면서 그 앞을 급히 지나쳤다. 이제 그들과 얼굴을 맞댈 아무런 이유도 내게는 없었다. 시아버님은 아침나절 풀려나 시어머님과 함께 집으로 넘어가셨던 것이다. 내게는 이제 전쟁이 어서 끝나 내 남편 창배 씨가 돌아와 우리의 애기 출생을 축하해주는 일만이 이 세상에서 가장 큰 바람으로 남아 있을 뿐이었다.

그러나 남편을 떠나보내고 돌아오는 발걸음은 허전허전 맥이 없었다. 우수수 서낭당 고개 초입에서 가을바람이 불어 마른풀을 흔들고 있었다.

대문에 꽂혔던 붉은 깃발이 보이지 않았다. 나는 시아버님 방으로 가 큰절을 했다. 시아버님 얼굴이 말이 아니게 수척해진 게 정말 가슴이 아파 눈물부터 쏟아졌다. 그러나 시아버님은 겨우 인사를 받고 난 뒤 돌아앉아 담배를 입에 무신 다음 한마디 말도 없으셨다. 나는 가슴이 쿵 내려앉았다. 시어머님이 밖에 나와 나한테 말씀하셨다.

"느 시아버님이 심기가 매우 좋지 않으시다."

당신의 아들이 의용군에 끌려간 것이며 며느리가 빨갱이들과 어울려 놀아났다는 사실을 아시고 나서 일절

my mother-in-law said, coming back from the village. "They said the Americans, those soldiers with big noses, have also arrived in Chuncheon."

I was convinced my husband would come back soon. I started cleaning the house, my heart aflutter. But a part of me feared that he might have gone to the North or that something horrible might have befallen him. I was checking the jars of sauces at the backyard when I sensed someone else inside the house. True enough, five or six foreign soldiers were standing in the courtyard. They seized my mother-in-law and covered her mouth with their black hands before carrying her up to the wooden veranda of the main hall. She turned to me, her eyes filled with a mixture of pleading, horror and despair.

I froze and slumped to the ground, the energy leaving my body, and stared vacantly at the three black beasts approaching. I did all I could to escape as they dragged me to the room. My hands flew to my belly and I looked at them imploringly. I shrieked until a big hand covered my mouth. The smell of those beasts assaulted me. Their Yankee stench. They sniggered, baring their white teeth.

I called out to Heaven and cursed those beasts in

입을 여시지 않는다는 것이었다. 행랑채 심 서방이 앞에 나타나면 아예 눈을 감고 말씀을 안 하셨다. 집 안 구석구석 침묵이 깔린 속에서 나는 시집을 온 이래 처음으로 외로움을 느꼈다. 시어머님께서도 내게 뜨악한 기분으로 대해주시는 것 같아 나는 정말 괴로워 견딜 수가 없었다.

"주경희 동무, 창말 여맹에서 왜 안 내려오시느냐구야단이대유."

심 서방이 이제는 내 이름까지 불러대며 성화를 부렸다.

"이놈아, 저 하늘을 봐라."

느닷없이 안방 미닫이가 열어젖혀지면서 시아버님이 고함을 쳤다.

"이 배은망덕한 것, 내 며느린 빨갱이가 아녀!"

"으르신네 동무. 섭섭하신 말씀허시네유? 배은망덕이라니유? 으르신네 동무께서 이렇게 집에 돌아오신 게 누구 덕인데 그러세유. 이 집 안 뺏기구 사시는 것만 해두 다 지 덕인 줄 아세야 해유. 아까 아침나절 으르신네 동무가 대문에 꽂은 깃발 찢어버린 거 창말에서 알면 큰일 난다는 거두 아세야 할 거예유."

이미 시아버님은 상종을 않겠다는 듯 방문을 닫은 뒤

his name. Then I began cursing Heaven because of the horrible pain until I lost consciousness. When I came to, I heard people talking outside. I suddenly remembered my old mother in Seoul and tears streamed down my cheeks. But the next instant, I cursed that same mother for giving birth to me when I felt the sore heaviness in my private parts. The beasts had left two boxes of rations on the floor before they left.

The old women of the village clicked their tongues. "What can we do? It's all because of the war. Horrible things happen."

"But how can they do such a thing, war or not?"

"No, no... They just have to be thankful they're alive."

My mother-in-law tried to hang herself twice. The first time, I found her hanging in the store-room. The second time, Mrs. Sim had to take her down from the jujube tree behind the house. After two failed attempts, she took to her bed, utterly exhausted. She closed her eyes and wouldn't speak, refusing to even drink water for four days. Her nose bled profusely, the blood like water you'd wash sorghum in, but she waved away anyone who approached her.

였다. 나는 강릉집한테 배가 불러 더 이상 창말에 내려갈 수 없으니 잘 얘기해 달라는 말을 했다. 일이 더 시끄러워지는 것을 겁낸 까닭이었다.

마을 공기가 이상해졌다. 마을 앞 강변길을 통해 인민군 몇몇이 떼를 지어 북쪽으로 올라간다는 얘기였다. 하긴 오래전부터 춘천 일대는 비행기가 새카맣게 몰려와 폭격을 하면서 그 폭음이 샘말까지 들려왔다. 세상이 또 바뀔 징조가 분명해지자 붉은 완장을 찬 지방 빨갱이들은 눈에 더욱 살기를 띠며 창말과 춘천을 들락거렸다. 많은 젊은 사람들이 끌려나갔고 들판에는 아직 거두지 못한 벼가 누렇게 출렁이고 있었다.

어느 날 새벽에 일어나보니 강릉집이 안채 마당에 꿇어 엎드려 울고 있었다. 세 살배기 화순이도 그 옆에 붙어 서서 울었다.

"자네가 뭘 잘못했는가. 세상이 그른 거지. 다 잊어버리구 함께 사세."

시어머님이 화순이를 안아 올리며 말했다. 심 서방이 밤사이 북쪽으로 도망을 쳤다는 것이다.

"난 지금두 믿어지지 않네. 심 서방같이 착한 사람이 그렇게 변할 수가……."

"Madam, please don't do this, if only for your daughter-in-law," Mrs. Sim said. They'd freed her from the mud hut.

My mother-in-law finally opened her mouth. "How is she?" she asked.

"I'm perfectly fine, Mother."

From then on, my mother-in-law got back to her feet, as if by magic. She regained her strength, eating again, and continued to touch my belly. Since that terrible night, I would sometimes feel a throbbing in my belly, but I would merely hold it and turn quietly away to keep her from worrying. As the pain subsided, I began to think of Heaven again, thanking him that I was alive. I would have killed myself if my mother-in-law hadn't tried to take her own life, so in a sense, she had saved me. My body had been tainted by sin, but our child, who would continue the Choe family line, was alive and strong inside me. I would have been happy to die on the spot if my husband came home and carried our child in his arms. I was determined not to yield until then, to keep on living, whatever it took, until our baby was born and blessed.

I gave birth on the eleventh month of the lunar calendar, two months before my due date, and af-

"그러게 말이에유. 저두 뭐한테 홀린 것 같아서 뭐가 뭔지 모르겠어유."

그러나 세상이 아직 바뀐 건 아니었다. 낮이면 인민군 패잔병들이 떼를 지어 마을에 나타나 밥을 해 먹고 북쪽으로 사라졌다. 오히려 여느 때보다 마을은 더욱 흉흉했다. 산에 숨었던 동네 청년들이 나타나 인민군과 총싸움을 벌이는가 하면 민가에 든 인민군을 생포해서 뒷산 금광굴로 끌고 가기도 했다. 강릉집도 마을 사람들이 몰려와 포박을 한 다음 산 밑 움집에 가뒀다.

무서운 일은 마을 사람들이 우리 집에 얼씬도 하지 않는다는 일이었다. 시아버님이 한숨을 쉬며 마당을 어정거렸다. 의용군 나간 남편 소식은 알 길이 없었다. 남편과 함께 나갔던 마을 청년들도 매한가지로 소식이 없는 모양이었다. 나는 쥐구멍으로 들고 싶도록 괴로운 시간을 보내야 했다. 시아버님의 한숨 소리가 가슴에 째지듯 울려 어떻게 처신해야 할는지 난감하기만 했다. 그런 중에도 시어머님은 하루에 한 번씩 내 불룩한 배를 어루만져주시며, "아가, 너무 상심하지 마라. 넌 홀몸이 아니니라."

그럴 때마다 나는 눈물이 쏟아졌다. 어서 남편이 돌아

ter three days of difficult labor. "Mrs. Sim, get the sickle from the rice chest," my mother-in-law said excitedly. She was supposed to cut the umbilical cord with a sickle if it was a boy. "Dear, I have a grandson!" she said, cutting the cord. Tears welled in my eyes when I heard her words as I lay half-awake. Thank Heaven!

But it was as if Heaven had turned his face from me to punish me for my fickleness. I shivered, looking at my newborn, who was not properly formed, like a crayfish that had just shed its shell. Still, it was breathing. I couldn't believe I had brought that accursed creature into the world.

It snowed more in the mountains than anywhere. Unable to clear it, we greeted the new year with snow piled up to our shins. We faced another crisis towards the end of winter: the January 4 Retreat. The villagers trembled saying it would be even worse this time than in summer. They fled with bundles on their backs, leaving the village deserted. Refugees from the North passed the night at the abandoned houses, bringing with them alarming news. They said the reds had grown even more cruel and would now kill everyone in their path, and even worse than them were the Chinese sol-

와 내 가슴을 탁 털어 보이고 그 무릎에 엎드려 엉엉 소리 내어 울고 싶었다.

"아가, 너 이리 좀 오너라."

어느 날 대낮 내가 텃밭에 나갔다가 대문 앞에 이르니 시어머님께서 내 손목을 끌고 집에서 꽤 떨어진 이웃집으로 데리고 들어가는 것이었다. 시어머님은 얼굴이 새카맣게 죽은 채로 손을 부들부들 떨고 계셨다.

"어머님, 왜 그러세요?"

내가 몇 번씩 다그쳐 물어도 시어머님은 아무것도 아니다—란 말만 되풀이하며 그때까지도 계속 덜덜 떨고 계셨다. 임신한 나한테 무슨 놀라운 소식을 안 알리려고 그러신다는 생각을 하니 더욱 불안해 못 견딜 지경이었다.

그때 총소리가 여러 방 우리 집 쪽에서 들려왔다. 시어머님이 땅바닥에 털썩 주저앉더니 어느새 뿌르르 일어나 집 쪽으로 허둥허둥 달려가시는 게 아닌가.

대청마루에 시아버님이 쓰러져 계셨다. 피가 마루를 흘러 봉당까지 적셔 내렸다. 그 총소리 이후 흔적도 볼 수 없었던 마을 사람들이 꽤 오랜 뒤에 하나둘 모여들기 시작했다. 마루에 밥상이 넘어진 채 뒹굴었다. 일의 경위가

diers clad in quilted clothes.

But we, three women—my mother-in-law, Mrs. Sim, always carrying Hwa-sun on her back, and myself—remained in the desolate village, hoping against hope.

"If my husband returns, I'll persuade him to change his mind, so we can stretch and sleep without worry until we die," Mrs. Sim would say, venturing out the gate with Hwa-sun on her back and looking down the road as though he would be arriving anytime.

My mother-in-law also seemed convinced her son would be back this time. She sewed a cotton-padded jacket and pair of trousers for him. Holding the baby in my arms, I waited for his return. I had given up hope on the baby, and it was only my mother-in-law's devotion that saved his life. I wondered if such a creature could even suckle, but he nursed at my breast with such an unbelievable energy that it sometimes frightened me. It occurred to me that he wasn't human and I pushed him away onto the floor. My whole body trembled and the well of hatred I'd kept pent up inside me for the sake of my child would surge like a fountain. I ground my teeth in rage day and night, dreaming

밝혀진 것은 시어머님이 제정신을 찾은 밤중이었다.

인민군 둘이 총을 들이대고 들어와 밥을 해 내라고 얼러댔다. 시아버님이 눈짓으로 밥상을 봐 오라고 해 시어머님이 부엌에 계신 동안 시아버님은 인민군들과 이런저런 얘길 나누고 계셨다. 아들 소식을 알까 하고 그러는가 싶었는데 시아버님이 부엌에 슬쩍 들러 귓속말을 했다.

“얼른 밥상을 봐 놓고 임잔 며느리 못 들어오게 막고 있어야 하네. 내 저놈들 한번 붙잡아 볼라네.”

그렇게 말해 놓고 다시 대청으로 돌아간 시아버님이었다. 그리고 내가 시어머님과 이웃집에 있는 사이에 일을 당하셨던 것이다. 나는 눈물도 나오지 않았다. 그렇게 급작스레 그리고 처참하게 돌아가신 시아버님 앞에서 하늘이 무너지는 느낌뿐이었다.

이상한 것은 인심이었다. 그렇게 싹 발을 끊었던 마을 사람들이 시아버님이 인민군 총에 맞아 돌아가신 뒤 자기 부모 죽은 것 이상 애석해하며 밤샘을 했다. 비로소 이웃 아낙네들이 나를 쏘아보던 그 냉랭한 눈빛을 풀고 다정하게 말을 붙여왔다.

난리통이라 제대로 장사를 지낼 수 없어 뒷산에 가매

of knifing them to death. I would catch their blood in my hands as it spilled out of their sticky black skin, and show it to my neighbors. The only thing that kept me alive then was my hatred and the desire for revenge that burned in my heart. I also felt a surge of hatred for our neighbors who would come to our house and shiver at the sight of the baby as though it were a loathsome snake. I would escape to the wooden veranda, no longer able to contain the spasms of anger that shot to the tips of my fingers.

Mrs. Sim stamped her feet outside, waiting for her husband, but he didn't return even after the winter ended. She would often go, whining, all the way to the riverside that fronted the village to wait for him.

"Whatever happened to him?" even my mother-in-law, who had never complained before, would ask while she put the finishing touches to the jacket and trousers for her son. "But let's wait a little more, dear. He wouldn't die without seeing me and his child. Wait and see, he's alive. He'll be back one day, for sure." She seemed to have aged ten years since the war began, with a tremor in her face from the sheer effort of keeping her spirits up.

장으로 모셨다. 시어머님은 다리가 움직이지 않는다고 해서 동제 아낙네들이 부추겨 안고 내려왔다.

"아가, 너 몸 괜찮으냐?"

그런 경황 속에서도 시어머님은 틈틈이 내 몸 걱정을 하셨다.

시어머님이나 나나 소복으로 차려입고 이십 칸 휑뎅그렁하게 드넓은 집 속에 던져져 하루해를 보내고 있었다. 그러나 아들을 기다리고 지아비가 돌아오길 고대하는 두 여자의 영혼은 그렇게 무턱 외롭지만은 않았다. 시어머님은 내 배를 자주 어루만지시며 안타까운 듯 혀를 차시곤 했다.

"괜찮아요, 어머님."

나는 배 속의 우리 아가가 그 어떤 고통 속에서도 꿋꿋하게 견뎌내 우렁찬 울음소리를 내며 이 세상에 태어나 축복받은 아이로 자랄 것을 의심하지 않았다. 이 이상의 고통과 어려움을 하느님이 내리지는 않을 것이라는 신념이 가슴속에 자랑처럼 피어올랐다.

그러나 내 몸에 내리는 신의 저주는 끝나지 않았던 것이다. 정작 신의 저주는 그때부터 시작되었던 것임을 누가 알았으랴.

The local reds appeared again along with the People's Army and harassed us. Those in Chang Village were looking for me, but I never stepped out of the gate. Some Chinese soldiers came, speaking unintelligibly, and dug up the courtyard. Unable to find even a single potato in the house, they pointed their guns at my mother-in-law and demanded that she bring out the grains she must have hidden. She stood firm and shook her head. In fact, Mrs. Sim had had to go begging for food from our neighbors to keep us alive. The baby sucked avidly on my breasts, dried up from lack of nourishment.

As the Chinese troops pushed northward, the area around our village became a fierce battle-ground. During the day, air bombings set the mountains on fire, while at night, the air was rent by the earsplitting sound of gunfire. Whenever the wind blew through the valley, where the corpses of Chinese soldiers were piled up like logs, the stench of death would blanket the village.

"Your husband will be here anytime now, dear," my mother-in-law would say, pacing the wooden verandah and craning her neck towards the village entrance as the South Korean forces passed by the

"창말에 아군 선발대가 지나갔대더라."

마을을 다녀오신 시어머님께서 바깥소식을 가지고 오셨다.

"춘천엔 그 미국 사람인가 뭔가 하는 코가 큰 병정들도 왔다고 하더구나."

이제 남편도 돌아오겠지. 나는 설레는 가슴을 안고 집안 청소를 하고 있었다. 그러나 가슴 한구석엔 남편이 북쪽으로 갔거나 더 몹쓸 생각까지 껴들어 뒤숭숭한 것은 어쩔 수가 없었다.

뒤꼍 장독대를 보살피고 있는데 안쪽에서 뭔가 심상찮은 기척이 났다. 난생처음 보는 외국 병정들 대여섯이 마당 한가운데 서 있었다. 시어머님이 그들에게 잡혀 시커먼 손아귀에 입을 막힌 채 대청으로 끌어 올려지고 있었다. 어느 한순간 시어머님의 눈길이 내 눈과 부딪쳤다. 애원과 절망과 공포와……그런 모든 것을 내쏘는 눈빛이었다.

나는 그 자리에 얼어붙은 채 온몸의 힘이 싹 빠져 내리는 느낌이었다. 시커먼 짐승 셋이 다가오는 것을 멀거니 바라보며 그 자리에 주저앉았다.

안방으로 끌려 들어가면서 나는 내가 할 수 있는 온갖

village, heading north. One day, when there was a break in the fighting, Mrs. Sim went out with her daughter on her back, never to return.

Those who had fled south started returning. The ground thawed and the grass grew lush in the fields, and still my husband didn't return. Another year passed with the roar of cannons continuing to the north of the village, but the baby had yet to learn to roll on its back. As he grew, it became clear that he was a congenital cripple.

"They say many People's Army soldiers were captured, dear, but President Syngman Rhee set them all free," she said, passing on to me what she'd heard from the other people in the village about the June 1953 release of anti-communist POWs. Like her, I pinned my hopes on it, certain that my husband would be among those freed if he'd chosen to surrender as a POW. But the end of summer drew closer and nothing was seen or heard of him. A truce was signed on July 27 to end the war, but our waiting was in vain.

Meanwhile, I received news that my mother and brother in Seoul had been killed in the bombing during the war. My widowed sister-in-law came to see me together with her two children, but they

힘을 뻗쳐 발버둥쳤다. 나는 무심결에 내 배를 그러쥐며 애원하는 손짓도 해 보았다. 있는 힘을 다해 소리를 질렀다. 넓적한 손아귀가 내 입을 막았다. 나는 그 짐승들의 냄새를 맡았다. 그것은 노린내였다. 짐승들의 흰 이빨이 보였다. 그들은 낄낄낄 웃음소리를 내고 있었다.

나는 의식이 있는 동안 하느님을 찾았다. 하느님의 이름을 빌려 그 짐승들을 저주했다. 나는 드디어 무서운 고통 속에서 하느님 그분을 저주하며 의식을 잃었던 것이다.

의식이 살아 올랐을 때 나는 밖에 웅성거리는 사람들의 말소리를 들었다. 문득 내 머릿속에 서울에 두고 온 늙으신 친정어머니의 얼굴이 떠올랐다. 눈물이 주르르 흘러내렸다. 그러나 다음 순간 내 흐트러진 아랫도리가 천근만큼 무겁다는 것을 느꼈을 때 나는 나를 낳아준 어머니를 저주했다.

짐승들은 대청마루에 레이션 상자 두 개를 놓고 갔다.

건넌방에서 마을 할머니들의 혀 차는 소리가 들려왔다.

"난리여. 난리 땐 무슨 짓을 당해도 벨 수가 없는 벱이여."

"아무리 난리기로서니 이럴 수가……."

left on the same day after learning about my own misfortune. Worst of all was the change that came over my mother-in-law. She would still say, "He'll be back for sure, dear." But she would take out her frustrations on our neighbors, abusing them with foul language and getting into quarrels. At such times, she would come home and curse the child splayed out on the floor, panting. "Little bastard!" she would say, and refuse to look at him for the rest of the day.

Whenever she hurled absurd accusations, saying he was the child of foreign soldiers, I would stare at her contemptuous face mute. As her invectives became more frequent, I often thought of running away and leaving them behind. Each time, though, I managed to stop myself, unable to leave either my mother-in-law or little son. Instead, I kept myself busy hiring workers to tend to the farm now that my father-in-law was gone.

Ahbe turned five, and it was spring. He started crawling at the age of four and had just learned to walk like a toddler. He rose to his feet and walked with much difficulty by twisting his limbs. All he could say by opening his mouth was "Ah...ah... ah...be."

"아니여, 죽지 않고 산 것만 해도 다행으로 생각해야 하는 게여."

시어머님은 두 번이나 목을 매었다. 한 번은 내가 광속에서 발견했고 또 한 번은 집 뒤의 대추나무에 목을 맨 걸 강릉집이 풀어냈다. 두 번이나 저승길을 가던 시어머님께서는 그것도 기진맥진 방에 몸져누운 채 눈을 감고 아무하고도 얘기를 나누려 하지 않았다. 꼬박 나흘씩이나 입에 물 한 모금 대지 않았던 것이다. 코에서 수수 뜨물 같은 피를 술술 쏟으면서도 사람만 접근하면 손을 내저어 쫓았다.

"새댁을 생각해서라두 이러시면 안 돼유 글쎄."

움막에서 풀려나온 강릉집이 애원을 했다.

"걔 어떻게 됐나?"

처음으로 들어보는 시어머님의 목소리였다.

"어머님, 저 아무렇지도 않아요."

그날부터 시어머님은 거짓말같이 일어나 앉아 음식도 입에 대고 다시 내 배를 만져보시며 생기를 되찾으셨다.

나는 그 일 이후 가끔 배에 통증을 느꼈지만 시어머님을 실망시킬 것이 두려워 나 혼자 배를 안고 뒹굴었

I was doing the dishes in the kitchen after lunch when someone entered the gate holding Ahbe in his arms. My son was playing outside the gate without his pants. The man who walked in was tall and seemed to be in his late thirties, judging from his pale and haggard face (Later, I found out that he was only 27 at that time). He looked so familiar I thought I must have met him before, and I had to resist the urge to rush out of the kitchen towards him. Maybe he simply reminded me of my husband who had been dragged away by the volunteer army, or he filled me with gratitude for carrying my wretched son like that. Either way, I couldn't help but warm up to him.

"Who are you?" my mother-in-law looked startled. She looked him up and down with a mixture of disappointment and suspicion.

"He was playing alone outside, so I took him in," he said, bowing, Ahbe still in his arms.

"Please have a seat over there," she said, indicating the wooden veranda. She would always grill strangers for information about her son. The man ended up staying, taking over the Sims' rundown quarters by the gate. My mother-in-law would turn away and dab at her eyes whenever she watched

다. 그런대로 통증은 멎어가고 나는 내가 살아 있다는 그 사실 하나만으로도 다시 하느님을 생각하기 시작했다. 시어머님이 목을 매는 일이 생기지 않았더라면 나는 이 세상에 살아 있지 않았을 것이다. 결국 시어머님이 나를 살려주신 셈이다. 비록 더럽혀져 죄를 지은 몸이지만 내 배 속에는 우리들의 씨가, 끝내는 축복받아야 할 최창배 씨 가문의 핏줄이 꿋꿋하게 살아 있었던 것이다. 남편이 어서 돌아오고 그리하여 그이 앞에 우리들의 애기를 안겨준 다음 그 자리에서 죽어도 좋을 것 같았다. 그때까지, 축복받아야 할 우리들의 애기가 태어날 그날까지 어떠한 일이 있어도 살아야 한다는 생각이 오기처럼 뻗쳤다.

그해 겨울 동짓달 나는 해산을 했다. 예정일보나 두 달 앞서 여덟 달 만에 사흘간의 무서운 진통을 거쳐 낳은 애였다.

"이보게, 강릉집. 거기 뒤주 위에 낫 좀 가져오게."

시어머님의 목소리가 달떠 있었다. 아들을 낳으면 낫으로 태를 가른다던 시어머님이었다.

"아가야, 네가 손잘 봤구나!"

태를 가르고 난 뒤에야 시어머님이 말씀하셨다. 나는

the miserable-looking man wolf down his food. She asked him many things.

"Where are you from?"

"I'm from Jangyeon, Hwanghae Province."

"That's in North Korea. Your parents are alive there?"

"I have no idea. It's been a long time since I left my hometown."

He and his sister had gone to stay at their maternal uncle's to attend school before the 38th Parallel was drawn across the Peninsula, and they couldn't return home after the outbreak of war. His uncle's family had been scattered during the war, and he had gotten separated from his sister, too. He showed her his resident registration card and his military discharge certificate to prove his identity.

"So you're completely alone. But why would a young man like you be wandering around?"

He said nothing and merely emptied his rice bowl.

"Ah...ah...ah...be." Ahbe toddled towards him on the wooden veranda and he lifted him into his arms without hesitation.

It was awkward to say the least, having a man in the house who wasn't my husband, especially when

아득하게 가라앉는 그 몽롱한 의식 속에서 시어머님의 말소릴 듣고 눈물을 흘렸다. 하느님 감사합니다.

그러나 하느님은 내 간사한 마음을 비웃기라도 하듯 끝내 얼굴을 돌리셨다. 나는 술가재처럼 형태가 제대로 잡히지 않은 핏덩이를 내려다보며 몸서릴 쳤다. 그러나 그 핏덩이는 숨 쉬고 있었다. 나는 저주받은 하나의 생명을 이 세상에 내던졌던 것이다.

산골에는 눈이 더 많이 내렸다. 정강이에 차는 눈을 아예 치울 생각도 못 한 채 새해를 맞았다.

그 겨울 막바지에 또 한 번의 난리를 치렀다. 1·4후퇴였다. 이번 난리는 여름에 댈 것이 못 된다고 모두 벌벌 떨면서 피난 보따리를 싸 짊어지고 집을 떠났다. 마을은 텅텅 비었다. 북쪽에서 밀려 내려오는 피난민들이 빈집에 하룻밤씩 머물러 가면서 휘휘한 소문만 남겼다. 빨갱이들이 독이 올라 이제는 사람을 보는 대로 죽인다고 했다. 누비옷을 입은 되놈들은 빨갱이들보다 더 무섭다고 했다.

그러나 시어머님과 나, 그리고 화순이를 등에 매달고 다니는 강릉집, 이렇게 세 여자는 남들이 다 떠나버린 마을에 남아 한 가닥 기대 속에 살고 있었다.

there was no news of him. He would leave at dawn to work in the paddies, and then play with Ahbe on his return. When he wanted to tell me something, he would say it to Ahbe. "Ahbe, would you give me some water?"

It was hard to believe how much he adored Ahbe. He really liked him and wasn't simply trying to curry favor with us. He would embrace Ahbe even when there was no one around. Even the coyote considers its offspring the most charming, and I felt I was on top of the world when I saw my ill-fated son loved so much. My mother-in-law, too, liked the young man.

The neighbors snooped around suspiciously and whispered among themselves, but I was so used to being reviled that I felt I had nothing more to lose.

The real problem was my own heart. It was painful living with him under one roof. Several times a day, I would catch myself thinking of him as Ahbe's father, and my conscience would jab me hard like it was an awl. At night, when I lay on my back, I'd be startled to find myself thinking of the man, and in the morning, I'd be too embarrassed to see him or my mother-in-law.

"Do you think he's still alive?"

“애 아버이가 오면 제발 맘 고쳐먹고 발 뻗구 자다가 죽자구 할 거예유.”

강릉집은 남편이 당장 마을로 들어서기라도 할 것처럼 매일 화순이를 업고 대문 밖에 나가 서성거렸다.

시어머님도 당신의 아들이 이번에야말로 꼭 돌아올 것으로 알고 솜바지저고리를 짓는 등 들떠 있었다. 나는 갓난것을 품에 안고 남편의 귀가를 기다렸다. 도저히 살아날 가망이 없는 애를 시어머님의 정성으로 살려냈다. 이처럼 발육이 불완전한 애가 어떻게 젖을 빨 것인가 싶었지만 갓난것은 믿어지지 않을 만큼 억센 힘으로 젖을 빨았다. 나는 가끔 그 아이가 무서운 생각이 들 때가 있었다. 이것은 사람이 아니다. 그럴 때마다 나는 아이를 방바닥에 밀어놓고 치를 떨었다. 온몸이 부들부들 떨렸다. 내 배 속의 애기를 위해 이를 악물고 억눌러 왔던 그 증오가 분수처럼 거세게 솟구쳐 올랐던 것이다. 나는 밤낮없이 그들을 칼로 찔러 죽이는 환상으로 치를 떨었다. 그들의 검고 끈적끈적한 살갗 그 깊숙한 데서 콸콸 쏟아지는 피를 두 손으로 받아 이웃 사람들 눈앞에 보여주고 싶었다. 내가 그때 살아 있을 수 있었던 것은 가슴으로 치미는 증오와 복수심 그것 때문이었

"Of course, your son must be alive. From my experience in the army, it can be difficult to do something even if they've made up their mind, especially in the People's Army. Do you think it's easy to desert? He must have had no choice but to live somewhere in North Korea."

He and my mother-in-law always talked about Ahbe's father, and each time, he seemed certain that Ahbe's father was still alive.

"When do you think the two Koreas will be unified?"

"I don't know, but it will. I'm sure it will. If you live long, you can look forward to being reunited with your son," he said, trying to infuse her with new hope.

Five months passed since he had come to stay with us. It was the autumn harvest and we would often cross each other's paths, even grabbing the same sheaf while loading the sheaves of rice on a cart. He glanced at me, his eyes burning, and I felt the blood rush to my cheeks. That was all. But women seem to be specially attuned to other women. Shortly after, I noticed a change in my mother-in-law's manners. She glared at me with cold, steely eyes. Of course, I couldn't meet her gaze and gave

다. 가끔 우리 집에 들러 내 애기를 마치 징그러운 뱀 보듯 몸서리치며 바라보는 이웃 사람들에 대한 분노가 함께 치민 것이다. 나는 발작처럼 손끝으로 뻗치는 증오 때문에 더 견디지 못하고 마루로 뛰어나가곤 했다.

강릉집이 발을 얼구면서 밖에서 기다리는 그네의 남편은 그해 겨울이 다 가도록 돌아오지 않았다. 강릉집은 징징 울면서 마을 앞 강변까지 내려가 남편을 기다렸다.

"애가 어떻게 된 거냐?"

평소 일절 부성거리는 것을 모르던 시어머님께서 아들의 바지저고리를 마지막 손질하면서 말씀하셨다.

"에미야, 더 기다려보자꾸나. 걔가 이 에미하구 제 자식을 보기 전엔 절대 안 죽을 게다. 두고 보렴. 걘 절대 안 죽었다. 인제고 꼭 돌아올 게여."

난리 전보다 10년은 더 늙어버린 시어머님의 얼굴에 경련이 일고 있었다. 지신의 마음속에 어떤 확신을 심는 그 고통의 그림자였던 것이다.

우리 식구들은 인민군과 다시 나타난 지방 빨갱이로 해서 또다시 시달림을 받아야 했다. 창말에서 나를 다시 찾았지만 나는 결코 대문 밖을 나가지 않았다. 중공군들이 뭐라고 '쏼라'대며 우리 마당을 파헤쳤다. 집 안

her a wide berth. Still, she seemed to have a hard time quelling her doubts. Without telling me anything, she would often go to our neighbors at night, leaving him and me alone in the house.

"I think it's time you leave," I told him. I had hardened my heart.

"I understand. I know it's best that I go, but each time I decide to leave, I find I've grown attached to Ahbe," he said without hesitation.

Don't lie! I wanted to shout. *I can't stand watching you doing farm work with your pale hands. You're not made for farm work. Besides, you've always said my husband is still alive. Yes, my husband, Ahbe's father, is still alive and will be back anytime. I'm his wife.* But all I could do was to go back to my room and silently weep, holding Ahbe asleep in my arms.

Soon, though, we—myself, Ahbe, and the man—were forced to leave the village at my mother-in-law's behest. It happened so suddenly, like a bolt from the sky.

"You don't belong to this family anymore," she told me, after sitting me down. The outrageous and unexpected remark left me speechless. "You can't fool me any longer. I already know everything," she continued.

에는 한 톨의 감자도 남아 있지 못했다. 중공군들이 시어머님 가슴에 총을 들이대며 어느 곳에 곡식을 감췄는지 당장 내놓으라고 발을 굴렀다. 시어머님은 의연한 자세로 버티고 서서 고개만 저었다.

강릉집이 마을의 빈집을 돌며 먹을 것을 구해 와 겨우 끼니를 이었다. 먹는 것이 부실해지자 갓난것은 빈 젖을 더욱 악착같이 빨아댔다.

중공군이 다시 밀려 올라가면서 샘골 일대는 치열한 싸움터가 되었다. 낮이면 비행기 폭격으로 산이 불붙었고 밤이면 고막이 터져나가는 총소리 속에 싸움이 붙었다. 산골짜기에는 중공군 시체가 나뭇등걸처럼 쌓여 바람이라도 있는 날이면 그 썩는 악취가 마을까지 풍겨왔다.

"에미야, 이제야 애비가 오는가부다."

다시 국방군이 마을을 지나 북쪽으로 갔을 때 시어머님은 대청을 서성거리며 마을 입구 샛길을 기웃거리셨다. 강릉집은 싸움이 뜸한 어느 날 화순이를 업고 나간 채 영영 돌아오지 않았다.

피난 나갔던 사람들이 돌아오고 얼었던 땅이 녹아 묵은밭에 풀이 무성해졌지만 내 남편 최창배 씨는 돌아오지 않았다. 북쪽에서 폿소리가 계속 울려오는 속에 또 1

"Mother, what are you talking about?"

"I said I already know everything. I'm not going to embarrass myself by raising my voice. Just pack your things and go." She spoke with such unnatural calm that it gave me goose bumps. "Why are you wasting your time? Go pack your things! Take the child too—your child with him!"

"What are you talking about, Mother?"

"Stop playing innocent!" she said. "Okay, let me ask you a few questions. When did you get married?"

I didn't know what she was getting at so I didn't answer.

"Then, you must at least know how long it took to give birth to your son!"

I was even more bewildered so I just stared at her.

"Yes, you must have no excuse for that."

"Mother, I have no idea what you are talking about..."

"Enough! You think I was born yesterday? Is he the Buddha or what? What man would carry a crippled idiot like that unless he fathered him?"

As her meaning sank in, I suddenly felt overwhelmingly drained. She was suggesting that the

년이 흘렀다. 그러나 어린것은 아직 뒤치지도 못했다. 커 갈수록 배냇병신 티가 분명히 드러났다.

"얘, 인민군들이 숱하게 포로로 잡혔는데 그 사람들을 이승만 대통령이 죄다 풀어줬대드라."

마을 사람들이 얘기하는 1953년 6월의 반공 애국 포로 석방을 두고 하시는 말씀이었다. 나 역시 거기에 기대를 걸고 살았던 것이다. 남편이 자진해서 포로가 되었다가 이번 기회에 풀려났을 것 같은 확신이 마음속에 생겼던 것이다. 그러나 남편은 그 여름이 다 가도록 돌아오지 않았다. 그해 7월 27일 휴전협정이 돼 전쟁이 끝났는데도 우리들이 그처럼 기다리는 사람은 영영 모습을 보이지 않았다.

나는 그동안 서울 친정집 소식을 들을 수 있었다. 늙으신 어머니는 물론 오빠까지 난리통에 폭격으로 돌아가셨다는 소식이었다. 혼자된 올케가 애들 둘을 데리고 샘골까지 왔다가 내 형편 또한 기구한 것을 알고 그날로 떠나버렸던 것이다.

더 견딜 수 없는 것은 시어머님의 마음이 변한 일이다.

"얘, 에미야. 애빈 꼭 온다."

말씀은 늘 그렇게 하시면서도 당신의 답답한 마음을

man living in the gate room was Ahbe's biological father. I gave birth only eight months after marriage, and five years later, a strange man showed up at our door, coddling the hapless creature that others wouldn't even consider human. These details had aroused her suspicion. I shivered at the sight of our neighbors massed outside the gate. I felt as if someone had struck me on the head with an iron bar, so acute was the pain, unlike anything I've suffered over the past few years.

"Mother..."

"Shut up! Go before I have to curse you!"

Her sternness silenced me. The man came running when she started hurling my clothes and wedding jewelry on the floor. I knelt on the courtyard and pleaded, thinking I could let her see the wrongfulness of her accusation. But she wouldn't budge.

"Just do as she does, whatever the circumstances," some of the villagers said, but others clicked their tongues. "How shameless! The things some people are capable of!"

If I could, I would have cut myself open to bare my heart to them, but I left the village with my cursed son because I still treasured my life, how-

주체하지 못해 툭하면 마을 사람들과 싸우고 돌아오셨다. 싸움의 발단은 언제나 시어머님께서 상대편에게 듣지 못할 소리로 악담을 퍼대기 때문이었다. 그렇게 싸우고 들어오신 시어머님께서는 방바닥에 널브러진 채 헐떡거리고 있는 어린것을 향해, "에이, 더러운 놈의 씨!"

이 같은 욕을 퍼댄 다음 하루 종일 거들떠보지도 않았다. 그 어린것이 외국 병정들 씨라는 실로 말 같지도 않은 욕을 퍼댈 때마다 나는 시어머님의 그 독이 오른 얼굴을 뻔히 쳐다볼 뿐 아무런 말도 나오지 않았다. 시어머님의 그 악담은 더욱 잦아졌고 나는 모두 다 팽개치고 도망쳐버리고 싶은 생각이 하루에도 몇 번씩 치밀었다.

그러나 나는 고개를 저었다. 시어머님이나 내 어린것이나 둘 다 버릴 수 없는 사람들이었다. 나는 일꾼들을 사서 아버님이 짓던 농사를 짓느라 이런저런 시름을 잊고 있었다.

아베가 다섯 살이 되는 봄이었다. 아베는 네 살부터 겨우 기기 시작하여 이제 갓난애처럼 걸어 다녔다. 그것도 사지를 뒤틀면서 아주 어렵게 일어서서 걸었다. 입을 벌려 소리 낼 수 있는 것은 고작 '아……아……아……베'였다.

ever wretched. The man walked unsteadily far ahead of me, carrying a bundle. "My son will surely be back," my mother-in-law wailed behind us. "Don't ever show your face around here again, you dirty whore!" Her voice rang in my ears. Some of the villagers shook their heads or spat on us as we passed, and I clenched my teeth, the tears pouring down my cheeks.

I wanted to believe Mr. Kim Sang-man was sent by Heaven to help take care of the damned child. For Ahbe's sake—and to extinguish the last embers of dirty will to life left in me—I married him. He studied the legal procedures to adopt Ahbe and have his name transferred from the family register of my former husband who'd gone missing during the Korean War. But I stood my ground. I had no doubt that he was willing to raise him as his own son instead of a fatherless child by granting him the Kim family name, but I wouldn't have any of it. He might have been born a cripple and he might die without continuing the bloodline, but Ahbe was still a Choe by birth. Not only that, he was the only scion of the family's sole fourth-generation son. Whether Ahbe eventually produced an offspring or

내가 부엌에서 낮에 먹은 그릇 설거지를 하고 있는데 아베를 안고 대문으로 들어서는 사람이 있었다. 아베는 대문 밖에서 아랫도리를 아예 입지 않은 채 놀고 있었던 것이다. 아베를 안고 들어온 사람은 키가 크고 흰 얼굴이 무척 수척한, 삼십이 훨씬 넘어 뵈는 사람이었다. (나중에 알게 됐지만 그때 그는 겨우 27세였다.)

나는 처음 그를 보았을 때 부엌에서 뛰어나가고 싶은 충동을 억지로 참았다. 도무지 처음 보는 사람 같지가 않았던 것이다. 5년 전 의용군에 끌려간 남편이 연상돼서였는지 아니면 남들이 한 번도 안아보는 일이 없는 내 아들을 가슴에 덥석 안고 있는 그에 대한 고마움이었는지 그런 걸 따질 것 없이 나는 그냥 반가운 마음을 억누를 길이 없었다.

"뉘기시요?"

방에 앉아 계시던 시어머님도 어지간히 놀란 기색이었다. 그러나 실망과 의혹이 섞인 그런 눈으로 그 사람을 훑어보고 계셨다.

"애기가 밖에서 혼자 놀고 있기에 데리고 들어왔습니다."

아직도 아베를 가슴에서 떼놓지 않은 채 그는 시어머

becomes the last of his line, he was still the only son of Choe Chang-bae, not Kim Sang-man.

I immediately understood that my husband suffered from an incurable disease, though not a physical kind. I sensed the depth of human anguish in his stupor, which seemed to stem from a lack of will to live.

Before we had our first child, I confessed to him about the scars engraved in my heart. We could never reach the height of conjugal pleasure, and I believed it was because of what I had suffered. We tried hard to attain salvation by stimulating our bodies and consummating our union, but that union could never be anything more than a ritual act of fulfilling our reproductive instincts. We would lie beside each other, filled with emptiness, and try to soothe each other. One night, I could no longer hold it back and told him the secret I should have taken with me to the grave.

"I know. Your neighbors told me what happened the first time they saw me."

My head reeled as if I'd fallen a thousand feet off a cliff. "Is that why you...?" I said, speaking in a bare whisper.

He shook his head and answered me quietly,

님한테 허리를 굽혀 절했다.

"게 좀 올라앉구랴."

시어머님이 마루를 가리켰다. 낯선 사람만 보면 아들 소식을 얻을까 해서 붙들고 늘어지는 시어머님이었다.

그는 그렇게 해서 우리 집 식객이 되었다. 강릉집이 살던 다 쓰러져가는 행랑채가 그의 거처가 되었다. 시어머님은 행색이 그야말로 초라한 그가 밥을 허겁지겁 퍼먹는 것을 바라보다가 돌아앉아 눈물을 닦으시곤 했다. 시어머님이 여러 가지를 물어보셨다.

"고향은 어디우?"

"황해도 장연입니다."

"이북이구먼. 집엔 부모님들이 생존해 계시겠구먼?"

"모르겠습니다. 떠난 지가 오래돼서요."

3·8선이 그어지기 전에 여동생 하나와 서울 외삼촌네 집에 와 학교를 다니다가 난리가 터져 다시는 고향에 돌아가지 못했다는 것이다. 난리 때 외삼촌네 집은 풍비박산 돼 남쪽에 있는 단 하나의 여동생마저 잃어버렸다는 것이다. 그는 시어머님 앞에 신원이 확실하다는 걸 보여주기 위해 도민증과 군대 제대증까지 내보였다.

"그럼 아주 외톨이구먼. 헌데 젊은 사람이 왜 이렇게

stroking my shoulder, "Do you still hate them?"

"Should I love them then? But no, I don't hate anyone anymore. The only one I hate is myself, how I still went on living. It frightens me whenever I think of it."

"What are you saying? You are Ahbe's mother and will be the mother of our children, so you have to embrace life."

"Ahbe is a cripple and is hardly worth raising. But you've loved him nevertheless. Or maybe you've just pretended to—that's what I'm scared of. Like a woman watching her lover walk a tightrope. How can you possibly love a crippled, retarded child who's not even your own?"

"It's possible. I can love Ahbe like my own child, just wait and see."

"No, you'll change your mind once we have our own children. Sympathy is one thing, love is another." My mother's instinct told me I had to ascertain his love for my child.

"Whether it's love or sympathy, I can't abandon Ahbe. He's my child." He was adamant and told me this story:

"I met a child like Ahbe in the mountain near my hometown, Hwanghae, during the January 4 Retreat.

떠도누?"

그 말에 그는 대답하지 않았다. 그의 밥그릇이 싹싹 비워졌다.

"아……아……아……베."

아베가 마루에 걸터앉은 그 사람 앞으로 뒤뚱뒤뚱 다가가자 그는 서슴없이 애를 안아 올렸다.

참으로 거북스런 일이었다. 여자만 사는 집에 외간 남자가 함께 기거하면서 얼굴을 쳐다보고 살아야 한다는 것은 남편 없는 젊은 여자로서는 차마 못할 일이었다. 그는 새벽같이 논에 일을 나가고 집에 들어오면 아베하고만 어울렸다. 나한테 할 말도 꼭 아베한테 했다.

"야, 아베야. 나 냉수 좀 줄래?"

그런 식이었다. 그는 빈어지지 않을 만큼 아베를 좋아했다. 그냥 이쪽 눈에 들기 위해 그러는 게 아니라 남이 보지 않는 데서도 아베를 안아주는 등 진심에서 우러나오는 것 같았다. 호랑이도 제 새끼를 귀여워하면 침을 흘린다더니 그렇게 천대받던 아베가 사랑받는다는 것을 본다는 것은 하늘을 얻은 것 같은 기분이었다. 시어머님도 그 젊은이를 좋아했다.

이웃 사람들이 이상한 눈으로 기웃거리며 수군거렸

I was a college student in Seoul when the war broke out and I joined the Korean Army moving north alongside the United Nations forces because I wanted to see my parents again. I just thought that if I could go to the North I'd be able to see them again. When our troops were driven south, I couldn't squander the chance to drop by my hometown. I could picture our village, and I missed my parents and brothers terribly. I hadn't seen them since the 38th Parallel was created. I had also left a fiancée in the village. Our parents had agreed for us to marry, so I couldn't think of anything but visiting home. I didn't care about ideology or the nation.

I started lagging behind the retreating troops. I was back on familiar ground and my home village was just one mountain over. I thought I could make a quick visit there to see my loved ones, and I even thought about bringing my parents to the South. I managed to break away from my troops as planned, but as soon as I rose from the boulder I'd hidden myself behind, I saw three soldiers from my troops heading straight for me. One was injured and the other two were holding him up to help him walk. There was no time to hide again and they saw me. Now they were my enemies.

다. 그러나 이미 남의 눈총을 받는 데는 익숙해진 터라 별로 두려울 것이 없었다.

문제는 내 자신의 마음이었다. 한집안에 외간 남자를 두고 산다는 것이 괴로웠다. 하루에도 몇 번씩 그 사람이 아베의 아버지 같은 착각에 놀라곤 했다. 남편에 대한 죄의식이 가슴 밑바닥을 송곳처럼 쑤시고 올라왔다. 나는 밤이면 방에 누워 문득 행랑채의 그 남자를 생각하고 소스라쳐 놀라곤 했다. 그런 다음 날 아침이면 나는 시어머님이나 그 사람의 얼굴을 쳐다볼 수 없을 정도로 민망스러웠다.

"살아 있을까?"

"그럼요. 틀림없이 아베 아버지는 살아 있습니다. 저도 군대 생활을 했지만 군대에선 마음먹은 대로 할 수가 없어요. 더구나 인민군에겐 더욱 그렇지요. 도망이 어디 그렇게 쉽습니까? 어쩔 수 없이 이북 어딘가에 살아 있을 겝니다."

그 사람은 늘 시어머님과 아베의 아버지 얘기를 나누었고 그럴 때마다 내 남편이 반드시 어딘가 살아 있을 것이라는 말을 힘주어 말하곤 했다.

"그놈의 통일은 언제 되지?"

'Hey, take this!' one of them said, handing over their rifles. The soldier they were supporting didn't have external injuries, but was groaning and clutching his abdomen. The troops were invisible, having turned the corner of the mountain. So I shot at the three soldiers who were walking ahead of me. They fell and tumbled to the ground. I picked up one of the rifles and started running up the mountain. When I glanced over my shoulder, one of the three soldiers had gotten up and was dragging one leg. I ran and ran through the mountain like mad. The wind-blown areas had snow piled up to my knees, but I ran on and on for hours. But I couldn't locate the familiar mountain of my hometown no matter how hard I tried. I wandered the snow-covered mountain until dawn. I was exhausted and was weak from hunger, having no food at all, not even hardtack. My hands and feet were numb and frostbitten, and I was so tired I could have slept anywhere. Then a lonely thatched house at the foot of the mountain, built some distance from a handful of other houses, caught my eye. I took off my cap and insignia and slipped inside. A little child who looked five or six years old and wore no pants like Ahbe was defecating in the

"됩니다. 틀림없이 통일이 될 것입니다. 이렇게 살아 계시다가보면 아드님 만나 뵙는 좋은 날을 반드시 보실 겝니다."

그는 시어머님한테 희망을 불어넣기 위해 무척 애를 쓰는 것처럼 보였다.

그가 우리 집에 머문 지 다섯 달이 넘고 있었다. 가을걷이를 하면서 나는 그와 자주 마주쳤다. 마차에 볏단을 싣다가 서로 같은 볏단을 잡은 적이 있었다. 문득 그가 나를 쳐다보았다. 나는 그의 눈이 깊고 그리고 그 깊은 데서 활활 타오르는 빛을 보았다. 그 순간 내 온몸의 피가 꽝꽝 요란스러운 소리를 내며 밖으로 터져나오는 것 같았다.

다만 그것뿐이었다. 그런데 같은 여자의 입장에서는 상대편에 대해서 매우 민감한 것이 보통이다. 나는 며칠 사이에 시어머님의 눈치가 달라진 것을 알았다. 그 눈초리가 냉랭하고 무서웠다. 자연 내 쪽에서도 시어머님을 맞바로 쳐다보지 못하고 서로 마주치는 걸 피하게 됐다. 시어머님 스스로도 자신의 마음을 달래느라 무척 괴로워하시는 것 같았다. 휑하니 밤마을을 나가기가 예사였다. 그렇게 되면 텅 빈집에 그 사람과 나만 남겨지

yard. He grinned at me as I made my way through the gate made of branches. I paused in the yard for a second before throwing the door open, gun at the ready. Inside, a family was eating in the darkened room. I herded them to a corner and wolfed down the food on the table. It was nothing more than a coarse gruel made of boiled corn and rice, but I would never forget the taste.

Somebody made a tongue-clicking sound from the corner and I raised my gun instinctively. Among the huddle was an old woman with a wizened face who looked at me with pity. The rest—a middle-aged couple, a girl who looked around seventeen, and two boys—avoided my fierce look and shivered. I'd turned my attention back to the food when I was startled by someone jumping on my back. I threw him on the floor and saw that it was the child I'd seen earlier shitting in the yard. Sprawled on the floor, he kept grinning up at me nevertheless. As I finished the food and the warmth in the room thawed my frozen body, I felt a sudden drowsiness. Clinging to my rifle, I closed my eyes and leaned against the wall, an indescribable feeling of comfort spreading over my whole body. I must have nodded off to sleep.

게 됐다.

“이제 그만 우리 집에서 떠나주셔야겠어요.”

나는 마음을 도사려 먹고 말했다.

“알겠습니다. 그러잖아도 떠난다 떠난다 하는 것이 그만 아베한테 정이 들어서요.”

그가 쉽게 대답했다.

거짓말하지 마세요. 나는 그렇게 부르짖고 싶었다. 당신이 그 흰 손으로 농사일을 하는 걸 나는 더 볼 수가 없어요. 당신은 농사꾼이 아녜요. 더구나 당신은 내 남편이 살아 있다고 몇 번씩 말했어요. 그래요, 내 남편은 살아 있어요. 우리 아베의 아버지는 언제고 돌아올 거예요. 나는 그이의 아내예요.

그러나 나는 이미 방에 들어와 잠든 아베를 끌어안고 숨죽여 울었을 뿐이다.

그런데 뜻밖에 그 사람과 내가 아베를 데리고 떠나야 할 일이 생겼던 것이다. 그것은 시어머님이 그렇게 만드신 일이었다. 아닌 밤중에 홍두깨요, 맑은 하늘에 벼락이었다.

“에미야. 넌 이제 내 식구가 아니다.”

어느 날 시어머님께서 나를 불러 앉히고 말씀하셨다.

When a sign of movement stirred me awake, I noticed something unusual in the room—the middle-aged husband was not in the corner. I threw the door open and saw him stepping down into the yard. I shot him without thinking and heard a deafening scream behind me. I whipped around and fired blindly towards the corner. My teeth were chattering, and I changed the magazine and continued shooting. Out in the yard, I saw the man I shot bleeding out onto the ground. I threw another glance over my shoulder as I let myself out the gate and saw the idiot still grinning at me, sitting astride the threshold, his genitals exposed. I finally regained my senses and started running away. I managed to catch up with another retreating company and eventually found my way back to my own unit. But they diagnosed me as mentally unfit and sent me to the military hospital in the rear, where I got my discharge papers.

I felt exhausted and my heart would race for days each time I saw a war veteran limping on the street. I was haunted by the specter of the soldier rising and dragging his leg only to fall back into the snow. It wasn't the people I killed who tormented me, but those whom I failed to, the way the crip-

너무나 뜻밖에 당하는 일이라 어리둥절해 있는 나를 향해 시어머님이 계속하셨다.

"나를 더 속여야 소용없다. 내가 이미 다 알고 있었다."

"무슨 말씀이세요, 어머님?"

"다 안대두 그러는구나. 내 이웃 창피해서라두 큰소리는 안 내겠다. 어여 느덜 짐 싸 가지고 나가거라."

시어머님의 말소리는 너무 착 가라앉아 소름이 끼칠 정도였다.

"뭘 꾸물거리고 있는 게냐? 어서 짐을 싸라니까. 애까지 데리고 가는 거다. 그건 느덜 씨니까 말이여."

"어머님, 무슨 말씀을 하고 계시는 거예요?"

"너 그렇게 계속 시치밀 떼야 하겠냐?"

시어머님의 언성이 높아졌다.

"그렇다면 내 물어보겠다. 너 우리 집에 시집온 게 언제지?"

나는 무슨 말씀인지 몰라 대답을 못 하고 말았다.

"너 시집와서 몇 달 만에 앨 낳았는지 그건 알겠구나?"

나는 뭐가 뭔지 더욱 아리송해 시어머님 얼굴만 쳐다볼 수밖에 없었다.

pled soldier moved and the grinning idiot sat atop the threshold snuffed out the core of my being.

I remember when I was a kid, I killed a pit viper on a riverbank. My irrational fear of the snake drove me to grab a stick and beat the creature to a pulp like a madman. I threw it into the grass before going home, but after dinner, before going to bed, I remembered what the other children had told me: A pit viper would revive itself by the energy from the earth and take revenge if its tail was left intact. I hurried out the house and scoured the darkened riverbank for the dead snake. This time, I got a stone and mashed it into piece then hung it on a mulberry branch so it wouldn't revive. Only then could I sleep. If the grinning idiot had lived on this side of the border, I'm sure I would have gone back and looked for him, and maybe, killed him, too.

Afterwards, I wandered here and there until I saw Ahbe at your house. I was sure he was the same boy I couldn't kill a few years ago. Of course he looked different and wasn't the same age as that boy, but I had no time to think about it. I lifted him up into my arms from the ground where he was playing bare-bottomed. I don't know why. I just did it. At that moment, an indescribable emotion

"그래, 입이 열 개 있어두 말 못 할 게다."

"어머님, 무슨 말씀이신지 전 도무지……."

"잔소리 더 할 것 없다. 이것들아, 내가 그렇게 어수룩한 줄 알았더냐? 그래 어떤 부처님이 제가 맨들지두 않은 병신 애새낄 끌어안구 다닌다더냐?"

시어머님이 하시는 말씀의 뜻이 한꺼번에 집혀 들자 나는 그만 온몸의 힘이 빠져나간 것처럼 허탈해졌다. 요는 행랑채의 그 사람이 아베의 친부가 틀림없다는 시어머님의 주장이었다. 결혼한 지 여덟 달 만에 애를 낳고 다시 5년 뒤에 떠돌이 서울 사람이 찾아와 남들이 사람 새끼로 취급도 안 해주는 병신 아베를 안고 다니는 그의 수상쩍은 행동거지를 두고 하시는 말씀이었다.

나는 어느 결에 대문 밖에 몰려온 마을 아낙네들을 바라보면서 치를 떨었다. 내가 몇 년 사이에 겪어낸 그 어떤 고통보다 큰 아픔이 쇠뭉치가 되어 내 머리통을 쳐 갈기는 것이었다.

"어머님……."

"닥쳐라, 내 입에서 더 못된 소리 나오기 전에 어서 떠나지 못할까?"

시어머님은 입도 벙긋 못 하게 호통을 치셨다. 행랑채

surged through me. I don't know how to explain it... It was something immense and warm welling up in my heart. It was love."

My husband proved that it was indeed, love. His affection for Ahbe remained unchanged even as Jin-ho, the oldest of four children we bore together, turned eighteen. He told everyone that Ahbe was his own child.

"How come Ahbe is not on our family register, Father?" Jin-ho asked once, having gotten a copy of the family register for his high school requirements.

There were a number of awkward instances like this, and each time, my husband would explain that he'd put off registering Ahbe year after year since people said that such cripples did not live long. He made it a point never to discriminate between Ahbe and his biological children, and didn't complain when there were troubles at home because of Ahbe, or when our own children became troublesome. On these occasions, he would only look sad, like he shared my pain over Ahbe. Then, I would feel grateful to Heaven for sending him to take care of this accursed creature, Ahbe. Thank Heaven!

남자가 달려 나왔지만 시어머님은 이미 내 옷가지와 패물들을 마루에 내던지고 있었다.

시간이 흐르면 시어머님께 내 억울한 사정을 이해시킬 수 있을 것 같아 마당에 무릎을 꿇고 앉아 버텨보았지만 시어머님은 바늘구멍 하나 찌를 틈도 주지 않으셨다.

"사정이야 다 있겠지만 저렇게 가라구 할 때 어서 떠나게."

마을 사람들이 몰려와 혀를 차면서 별의별 소리를 다 떠들었다.

"염치가 없구먼. 해두 너무 했어."

칼로 배를 찢어 내 속을 보여야 마땅한 일이로되 그 더러운 삶의 한 가닥 애착 때문에 저주받은 씨 하나를 안고 마을을 떠났다. 서만큼 앞서 행랑채 사내가 보따리 하나를 들고 휘청휘청 걷고 있었다.

"내 자식은 반드시 돌아온다. 이 더러운 것아, 다시는 발걸음 비치지두 말거라."

울음 섞어 질러대던 시어머님의 말소리가 귀에 쟁쟁했다. 마을 사람들은 쫓겨나는 우리들을 향해 쯧쯧 혀를 차는가 하면 모질게 침을 뱉기도 했다. 이를 악물었지만 눈에서 눈물은 쉼 없이 흘러내렸다.

Ahh, but how could I have thought Heaven was finally on my side? Now, I've lost my savior, and I'm left with nothing but darkness, despair and the scourge of that pain. Since my husband's sister visited us from Dongducheon, I've noticed an emptiness growing in his heart. Her body reeked of the Yankees stench, making my heart race, and when she looked at Ahbe as though he were an animal, I knew something horrible was in the offing. Now my husband seemed to seek salvation through his sister instead of Ahbe. He was naturally fainthearted and had continued to be plagued by guilt even with the glimmer of hope granted to him by Ahbe. He was unable to shake off the specter of the crippled soldier, whose fate he'd never know, and of those he'd killed. He was often in a trance, or would withdraw to his room like a coward after losing yet another hard-earned job after a few days. Those who shared his skin color, his language and his way of thinking frightened him, and he would always say he wanted to get as far away as possible from Korea.

"I'm suffocating," he would say in a scarcely audible voice. Whenever he tried to speak of his parents and brothers who might be living in North

김상만 씨, 그는 하느님 당신이 저주 내리신 불쌍한 아베를 위해 특별히 보내주신 사람이라고 나는 그렇게 믿고 싶었다. 아베를 위해서, 그리고 내 자신의 아직 꺼지지 않은 그 더러운 생명의 마지막 연소를 위해서 나는 그 사람과 결혼했다. 그는 가능한 한 6·25 때 실종된 전 남편 최창배 씨 앞으로 출생신고 된 아베를 완전히 자기 자식으로 바꿔 놓고 싶다고 그 법적 절차까지 다 알아두고 있었다.

그러나 나는 그 문제만은 단호하게 머리를 저었다. 아비 없는 자식으로 키우기보다는 차라리 떳떳이 김씨 성을 주어 자식을 삼겠다는 그의 진심을 내가 모르는 바 아니었지만 나는 마음속에서 그것을 용납할 수 없었다. 아무리 저주받은 병신으로 이 세상에 태어나 제 구실을 못하고 죽을 그런 인간이지만 아베는 어디까지나 최씨 가문의 핏줄이었던 것이다. 더욱이 아베는 4대 독자 집안의 유일한 뿌리로 남았던 것이다. 아베가 더 뿌리를 내리든 아베 대에서 그 뿌리가 끊겨지든 그것은 문제가 아니었다, 아베는 어디까지나 최창배의 자식이지 김상만 그의 자식은 될 수 없는 게 아닌가.

나는 내 둘째 남편 김상만 씨가 어떤 불치의 병을 가

Korea, he would groan and beat his chest. "Ah, I'm suffocating."

Because of him, we lived in a constant fog of gloom and despair, without so much as a shred of hope. I wanted to save my family from this suffocating darkness, to pull out this despair at its roots and spread new seeds of hope. But we were mired in abject poverty and were struggling. Ahbe, who had just turned 25, brought further darkness and gloom into home. As he got older, he would try to release his sexual drive on anybody, rubbing his body even against me. His half-siblings hated him instinctively as though they knew he had a different father. They'd suffered since they were little because of Ahbe and my husband's helplessness. Jin-ho was thrown out of school and became delinquent. It was all I could do not to kill myself when I heard what he and his friends had done. I had endured much humiliation and suffering, but that was the last straw.

Around that time, a letter of invitation arrived from my husband's sister in America. Not only were my children overjoyed by the news, but also even my husband who'd been waiting for that letter was. For a time, I was also glad. Where wouldn't I go for

지고 있는 사람이라는 걸 쉽게 알아냈다. 물론 그 병은 눈으로 가늠할 수 있는 어떤 육신의 병이 아니었다. 뭔가 삶의 의욕을 잃은 것 같은 그의 그 멍청함을 통해 나는 한 인간이 지닌 고뇌의 깊이를 생각할 수 있었다.

우리들 사이에서 첫애가 태어나기 전에 나는 내 가슴에 새겨진 상처 하나를 그에게 털어놓았다. 남들이 말하는 부부의 쾌락을 우리는 전혀 느끼지 못하고 있었고 나는 그 원인이 모두 내 상처에서 비롯된다고 그렇게 믿고 있었기 때문이다. 우리들은 몸에 불을 붙여 활활 타오른 다음 육체적 결합을 통해 구원받고자 안간힘 썼다. 그이는 나보다 더 집요하게 자신의 몸에 불을 댕기기 위해 발버둥 쳤다. 그러나 우리는 동물이 생식 본능에 의해 갖는 그런 요식 행위 이상의 결합을 가질 수 없었다. 우리는 서로 몸을 기댄 채 허망한 마음으로 안타까움을 달래곤 했다. 그럴 때 나는 참지 못하고 여자가 무덤 속까지 가지고 가야 할 그런 과거를 털어놓은 것이다.

"다 알고 있었소. 동네 사람들이 그 얘기부터 해 줍디다."

나는 내 몸이 천길 낭떠러지로 떨어져 내리는 현기증을 느꼈다.

the sake of my beloved husband and children? Yes to the wide open skies where he could finally breathe, and yes to the bright and colorful world where my children could bloom in the light, and sink new roots where history was unfolding. So I threw my lot in with my husband and children.

I took on the difficult task of getting our passports to immigrate to America because my husband was too timid to deal with it. He was 50 but gamely took to learning taekwondo, welding, and so on, behaving like an excited child. I clenched my teeth and swallowed my scruples about his change of heart because I still saw him as my savior. I fought back my tears mutely as I struggled alone to complete the arduous process of preparing our papers. I couldn't bare my broken heart to anybody. There were even times that I considered taking my own life, but couldn't go through with it because of my husband and children. I felt it was my duty to go to America with them and see them settled down.

Yesterday, we went to the consular section of the embassy for a visa interview. My husband's hands shook as a security guard checked his ID at the gate. We arrived at 8 o'clock and had to wait until

"당신 그러면 그 일 때문에……?"

내가 신음처럼 중얼거리자 그이는 고개를 가로저으며 내 어깨를 어루만졌다.

"아베 엄마, 당신 지금도 그 사람들을 미워하고 있소?"

얼마 만에 그이가 조용히 물었다.

"그럼 제가 그 사람들을 사랑해야겠어요? 하지만 난 이제 아무도 미워하지 않아요. 미운 건 오직 내가 이렇게 끈질기게 살아야 하는가 하는 그 의문이에요. 나는 이 의문이 머릿속에 떠오를 때마다 두려워서 견딜 수가 없어요."

"무슨 소릴 하는 거요. 당신은 아베를 키워야 할 엄마고 또한 우리들이 갖게 될 아이들의 엄마이기 때문에 당당하게 살아야 하는 거요."

"아베는 키울 만한 가치가 없는 병신이에요. 그런데 당신은 입때껏 아베를 사랑해 왔어요. 아니에요. 사랑하는 척해 왔어요. 나는 그 사실이 무서워요. 줄타기에 나간 애인을 바라보는 여자처럼 겁나고 조마조마해요. 어떻게 자신의 핏줄도 아닌 병신 자식을 사랑할 수 있단 말예요."

noon to be called, and he remained restless throughout. I was also nervous deep inside. Among the 42 questions we had to complete in the application form was: *Have you ever been arrested, found guilty, or imprisoned?* If the consular officer ever asked him that, his look would give him away: *Yes, I'm a murderer.* But the interview was quick, unlike the waiting time.

"Do you swear that all the information you've provided here is correct?" A Korean lady translated the American interviewer's question.

My husband answered meekly, yes. Of course, there'd be no problem with the information we'd filled out. Six of us—my husband, me, Jin-ho, Jeong-hui, Jin-gu, and our youngest son—were one family registered in the official document. The medical records said that we were not lunatics, mentally or physically challenged, alcoholics, drug addicts, deaf, or mute, which were grounds for barring our immigration. When we returned home, I found Ahbe asleep in a corner of the room where the kids had locked him up before we left for the interview. In ten days, it would be his birthday. He would be twenty-six.

There had been no mention of Ahbe today. My

"사랑할 수 있소. 난 아베를 내가 낳은 자식처럼 사랑하면서 살 수 있소. 두고 보면 알 것이오."

"그렇지 않아요. 우리들 사이에서 아이들이 태어나면 당신 마음은 달라져요. 동정과 사랑은 같을 수가 없어요."

나는 여자의 본능으로 내 자식에 대한 사랑을 확인받고 싶었던 것이다.

"동정이든 사랑이든 나는 아베를 버릴 수가 없소. 아베는 내 자식이오."

그이가 결연하게 외쳤다. 그리고 그이는 말하기 시작했다.

"내가 아베와 거의 비슷한 아이를 만난 것은 1·4후퇴 당시 황해도 내 고향 근처의 어느 산속에서였소. 서울서 대학을 다니다가 난리를 만났고 유엔군과 함께 북진하는 국군에 뛰어든 거요. 고향에 두고 온 내 부모를 만나고 싶었던 것이오. 북쪽으로 가기만 하면 내 부모들을 만날 수 있을 것이라고 생각했던 거요. 물밀 듯 밀려 내려오게 됐을 때 나는 고향 땅을 그냥 지나칠 수가 없었소. 불현듯 고향 마을이 눈에 삼삼히 잡히고 3·8선이 막히기 전 마지막 본 부모님과 형들이 미치게 보고 싶

husband, whom I had believed to be the savior sent by Heaven to look after the cursed child, had completely forgotten him. But my youngest son asked, "Mother, we're taking Ahbe too, right?"

"Of course, your big brother is coming with us!" I said, but I could stand it no longer so ran from the house. God, grant this sinner strength!

3

Seok-pil showed up at around 8 p.m., wearing a reservist's fatigues and close-cropped hair. The four years had changed his boyish looks into a grown-up's.

"Jae-du went down to Busan to become a sailor soon after you left for America and I haven't heard from him since. He told me he'll get on a deep-sea fishing vessel then bail out in a foreign country."

"But doesn't he have a bad case of epilepsy?"

"Yes, he does. He said that's why he wants to go to a foreign country where he knows nobody, so he could die there alone."

"No news at all since Busan?"

"Nope, that son of a bitch! I went to Cheonho-dong once to see his old man. He's still had a mis-

었소. 더구나 고향 마을에는 양가 부모님들끼리 정해 놓은 내 약혼자가 있었던 것이오. 나는 그때 고향집에 돌아가고 싶다는 생각 외에는 아무것도 생각할 수 없었소. 사상도 나라도 내게는 상관이 없는 거였소.

나는 후퇴하라는 부대 후미로 뒤처지기 시작했소. 산 하나를 넘으면 내 고향 마을이 보일 수 있는 그런 낯익은 길을 걷고 있었소. 나는 정말 잠깐 동안이면 내 고향집에 다다라 보고 싶은 얼굴들을 만날 수 있을 것 같았소. 그리고 내 부모들을 이끌고 남하할 그런 계산도 가지고 있었던 것이오. 나는 내 계획대로 부대에서 이탈하는 데 성공했소. 그러나 나는 내가 숨어 있던 바위 뒤에서 몸을 일으킨 순간 좀 떨어진 곳에 세 사람의 아군이 내 쪽으로 오고 있는 것을 보았소. 한 사람은 부상을 당해 두 사람이 그를 부축해서 걸어오고 있었소. 나는 몸을 숨길 겨를도 없이 그들에게 발각되었소. 그들은 이제 내 적이었소.

'어이, 이것 좀 받아줘.'

그들 중에서 한 사람이 내게 자신들의 총을 내주었소. 가운데 부축을 당한 병사는 외상이 아닌 듯 배를 움켜쥐고 신음하고 있었소. 부대는 이미 산모퉁이를 다 돌

erable life. Jae-du's sister has to work to feed him."

"And Hyeong-pyo joined the military?"

"Yeah, last spring. He's on the front lines. He got out on leave once and told me he would look at the damned North Koreans and they would just smile at each other."

"Does he like it in the military?"

"He said it's a hundred times better than being at home. I guess he hopes three years rotting in the army will make a man out of him."

"Did he cause more trouble before he was drafted?"

"Not really. Actually, he worked at a paint factory before joining the army. He earned 60,000 *won* a month, put some into an installment savings plan, and gave some to his family."

"Wow, who would have thought! Did his father ever get well, by the way?"

"Nope. He died soon after you went to America. He could have had an operation if they had money. It was too late."

"So he couldn't go back to his hometown after all."

"Before he gave up the ghost, he said he was going because his eldest son from North Korea was

아가 보이지 않았소. 나는 그들 뒤에서 총을 쏘아댔던 것이오. 세 사람이 땅에 쓰러져 뒹굴었소. 나는 카빈총 하나를 들고 길을 벗어나 산속으로 치뛰기 시작했소. 얼마쯤 치뛰다가 문득 길 쪽을 돌아보니 그 순백의 눈 속에 넘어졌던 세 병사 중에서 한 사람이 일어나 한쪽 무릎을 땅에 끌며 움직이고 있었소. 그는 얼마 못 가 눈 속에 넘어졌다간 다시 일어나 그렇게 어려운 걸음을 떼어놓고 있었소. 나는 다시 정신없이 산을 치뛰기 시작했소. 바람에 눈이 몰려 어떤 지점은 허벅지까지 눈에 덮였지만 나는 몇 시간이고 그렇게 산속을 헤맸던 것이오. 아무리 겨냥해 봐도 내가 목표로 했던 고향 마을의 낯익은 산을 찾을 수가 없었소. 나는 다음 날 새벽까지 그 눈 덮인 산속을 헤맸던 것이오. 나는 몸에 지닌 건빵 한 조각도 없이 산속을 헤매느라 기진맥진하였고 무서운 허기를 느꼈소. 발과 손이 얼어 감각을 잃었고, 나는 아무 데나 쓰러져 잠들고 싶도록 지쳐 있었던 것이오. 그때 내 눈앞에 문득 초가 한 채가 보였소. 산 밑 외딴집이었소. 그 외딴 초가로부터 꽤 떨어진 곳에 서너 채의 인가가 보였소. 나는 군모와 계급장을 다 떼어버리고 그 외딴집으로 숨어들었소. 봉당에 한 아이가 앉아 똥

fetching him."

"Eldest son?"

"Didn't you know? His father fled to the South during the Korean War and didn't marry for some time because he had a family in North Korea. That's why he had Hyeong-pyo quite late."

"So that's why..."

Then I remembered Seok-pil's older brother. He was reputed to be a genius, but was expelled from college because he'd gotten mixed up in underground club activities. Despite the expulsion, he plotted some activities on campus and was thrown in prison before we left for America.

"Hey, whatever happened to your brother?"

"He got out after after one year and three months in jail."

"What about college?"

"Nope. He bummed around at home for some time, and now he's an industrial warrior."

"Industrial warrior?"

"A goddamned factory worker. He said he's cut out for it. But that's not the best part. Get ready for a shock!"

"Hey, don't worry. I'm an American now, remember."

을 누고 있었는데 아랫도리는 아베처럼 아예 벌거벗고 있었소. 대여섯 살쯤 돼 보이는 아이였소. 그 아이가 사립문을 들어선 나를 향해 히쭉 웃었소. 나는 총을 겨누면서 봉당에 올라서 방문을 열어젖혔소. 식구들이 껌껌한 방에 모여 앉아 밥을 먹고 있는 중이었소. 나는 그들을 방 한구석으로 몰아붙인 다음 상 위의 밥을 허겁지겁 퍼먹기 시작했던 거요. 우툴두툴한 옥수수밥이었는데 나는 지금도 그 옥수수밥 맛을 잊을 수가 없소. 방구석에서 쯧쯧 혀를 차는 소리가 들렸소. 정신없이 밥을 퍼먹던 나는 무의식중 그리로 총구를 들이댔소. 벌벌 떨면서 웅크려 앉은 사람들 속에 얼굴이 쪼글쪼글 늙은 노파가 내 얼굴을 딱하다는 그런 눈빛으로 쳐다보고 있었소. 그리나 다른 식구들, 중년 부부와 열예닐곱쯤 돼 보이는 처녀, 그리고 사내아이가 둘, 그들은 살기를 띤 내 눈을 피해 얼굴을 돌리며 몸을 와들와들 떨고 있었소. 나는 다시 정신없이 옥수수밥을 먹다가 소스라치게 놀랐소. 누가 내 등에 업힌 것이었소. 나는 그것을 방바닥에 밀어 던졌소. 봉당에서 똥을 누던 그 어린애였소. 놈은 방바닥에 나가떨어져서도 나를 향해 해죽이 웃었지요. 밥을 다 퍼먹고 나자 얼었던 몸이 방 안 온기에 풀

"You won't believe it, but my brother's gotten married."

"What's so shocking about that? Americans marry, too, you know."

"That's not what I meant, buster. You'll never guess who my brother married, you American bastard."

"Who? A woman?"

"Yes, of course. Do you remember Yu Seong-ae?"

"Yu Seong-ae? The name sounds familiar..."

"America must be a paradise. Your life sounds so happy!"

"Tell me. So this Yu Seong-ae who's your sister-in-law...?"

"Remember Mr. Yu, the locksmith at Goblin Market who got us out of the police station?"

"What? Mr. Yu's daughter married your brother?"

"Thank you! Looks like the American bastard still can be shocked. Anyway, you have to thank me for taking on all the pain you guys are supposed to share with me."

"Your brother must be nuts!"

"He's not nuts. My sister-in-law Yu Seong-ae's just bold."

리면서 나는 심한 식곤증을 느끼었소. 나는 총을 거머쥔 채 벽에 기대 눈을 감았던 거요. 형언할 수 없는 그런 안식이 내 몸 전체를 녹여 내리고 있었소. 깜박 졸았던 모양이오. 어떤 기척에 퍼뜩 정신을 차려보니 방 안 공기가 이상했소. 사십대 그 주인 남자가 보이지 않았소. 나는 문을 열어젖혔고 거기 봉당을 내려서는 그를 보았소. 나는 정말 무의식중에 그 사내를 향해 총을 쏘았던 것이오. 그리고 귀청을 찢는 비명이 들렸소. 나는 몸을 돌려 어둑한 그 방구석을 향해 총을 난사했소. 턱이 덜덜 떨리는 공포를 느끼면서 실탄 케이스를 갈아 끼운 다음 다시 총을 쏘아대기 시작했소. 그리고 밖으로 뛰쳐나왔소. 내가 쏜 그 주인 남자가 봉당에서 마당으로 떨어진 채 피를 쏟으며 쓰러져 있었지요. 사립을 나서며 나는 문득 방 쪽을 돌아다보았어요. 그때 벌거벗은 아랫도리를 그냥 내놓은 채 방문턱에 걸터앉아 나를 향해 히쭉 웃고 있는 그 반편이 사내아이를 보았던 것이오. 나는 비로소 내 정신을 되찾아 도망치기 시작한 거요. 나는 후퇴하는 다른 잔류 부대를 만나 곧 원대 복귀를 할 수 있었고, 정신에 이상이 있다고 낙인이 찍혀 후방 병원으로 넘겨져 거기서 제대를 했던 것이오.

I sprang to my feet and took my shirt off a hook on the wall. "Let's get out of here!"

"Don't tell me you're keeping a diary now?" Seok-pil said, picking up the notebook beside my bag. I snatched it away and crammed it in the bottom of the bag then zipped it up.

"It's a history book, not a diary."

"America's made you a new man! So you're studying now?"

"Yes, I came back to study more. And to hold the disbanding ceremony."

"Disbanding ceremony?"

"We had a founding ceremony, so there should also be a disbanding ceremony. When you think about it, we did some pretty ridiculous things when we were young."

"Is that the American way?"

"No, it's my father's way."

Seok-pil looked like he had more to say, but I walked out the room ahead of him.

"Uncle, are you coming back late?" the boy I'd bought *japchae* rice for asked. He was sitting on a wooden chair near the door.

"Yes, please keep an eye on my bag."

Moths circled the lamplight above the motel

나는 길거리에서 다리를 저는 상이용사만 만나면 가슴이 철렁 내려앉으면서 며칠씩 손에 맥살이 풀렸지요. 한쪽 무릎을 끌고 눈길을 걷다가 쓰러지고 다시 일어나 건곤 하던 그 병사의 환영이 나를 괴롭혔던 것이오. 나는 내가 죽인 사람들 때문에 괴로워한 게 아니오. 내가 죽이지 못한 사람 그 절름거리는 병사와 문턱에 걸터앉아 나를 향해 웃던 반편이 사내아이가 내 삶의 알맹이를 모조리 빼앗아가 버렸던 것이오. 내가 어렸을 때 강둑에서 살모사 한 마리를 죽인 적이 있는데 그때 난 뱀에 대한 극도의 공포로 해서 나무 막대기를 정신없이 내리쳐 살이 흐치흐치 문드러질 정도로 만든 다음 풀숲에 던지고 돌아왔던 것이오. 그러나 저녁을 먹고 잠자리에 든 순간 문득 살모사는 꼬리만 성하면 땅기운을 받아 다시 살아나서 원수를 갚는다는 아이들 말이 생각났소. 나는 부랴부랴 잠자리에서 일어나 어두워진 강둑으로 달려가 그 죽은 뱀을 찾아냈던 것이오. 그리고 그때는 더 살아날 수 없을 정도까지 돌로 짓이겨놓은 다음 뽕나무 가지에 걸어놓고 들어왔던 것이오. 그제야 잠을 잘 수가 있었지요. 아마 나는 그곳이 휴전선 이쪽이었다면 당장 달려가 그 아이를 찾아내었을 게 틀림없

porch. The humid summer night seemed to hint at rain.

"Why don't you take me to a beer garden? This American is loaded, you know," I said, strolling along into the open-air market.

Seok-pil covered his crew cut with his camouflage cap. "Beer'll upset my belly. Let's have some *soju*!"

"*Soju*? Just the two of us?"

"I even have it alone. Especially when I see my sister-in-law's face, I have to or I won't be able to sleep. I drink what the four of us should be having together."

It was the first time the four of us drank together. We bought two large bottles of *soju* at a neighborhood below and sat on the slopes of Mt. Cheonsu, taking turns swigging *soju* from the bottles in the darkness. Or maybe we were just pretending to take a swig because the amount of *soju* didn't change much. We probably spilled about half of it. But even tiny sips were enough to bloat us up like balloons.

"I want to die," I said.

"Me, too," Seok-pil agreed.

소. 그리고 그 반편이 아이를 죽였을지도 모르오.

그리고 여기저기 떠돌며 살다가 당신이 살고 있는 그 곳에서 아베를 본 것이었소. 나는 결코 내 눈을 의심하지 않았소. 나는 아베가 바로 몇 년 전 내가 죽이지 못한 그 아이라고 생각했소. 물론 나이도 모습도 많이 달랐지만 나는 그런 것을 생각할 겨를이 없었던 거요. 나는 아랫도리를 벌거벗고 땅바닥에 앉아 노는 아이를 안아 올렸소. 아무 생각도 없이 그렇게 했던 것이오. 그 순간 나는 실로 형언할 수 없는 충동으로 몸을 떨었소. 그것을 뭐라고 설명해야 될는지…… 그렇소. 나는 가슴으로 끓어오르는 뜨겁고 커다란 것을 분명히 느낄 수 있었던 것이오. 그것은 사랑이었소.

남편은 그 사랑을 충분히 입증해 보였다. 우리들 사이에서 네 아이가 태어나 큰애 진호가 열여덟 살이 되도록 아베에 대한 남편의 사랑은 변함이 없었다. 그는 어떠한 사람 앞에서도 아베를 자기 자식이라고 말했다.

"아버지, 어째서 아베는 우리 호적에 안 올라 있는 거예요?"

고등학교에 들어가기 위해서 호적등본을 떼어온 진호가 그런 질문을 던졌다. 그런 난처한 경우가 한두 번

"I don't want to go on living," Jae-du added.

"Ditto!"

We kept talking like this.

"But... We can't just die," I said. "No, we don't need to. You stupid sons of bitches, why should we die?"

"Yes, we're not just going to die," Seok-pil said. "We're going to be successful! We'll succeed!"

"Yeah, let's make lots of money. Money and women. We'll eat well and live forever!" Jae-du lifted the bottle and took a swig.

Hyeong-pyo snatched it from him and did likewise. "To the founding of the four-member Lion's Gang!"

I took the bottle and said, "To my wonderful homeroom teacher!"

In the morning, I had to kneel for more than four hours in the hallway outside the faculty room, the teachers knocking me on the head as they passed.

"He's a real pain."

"You tell me. He was under me last year."

"What about his parents?"

"I don't know. I've never met them. I asked them to come, but they never did."

An errand girl cast a sidelong glance at me and

이 아니었다. 그럴 때마다 남편은 대답했다.

"병신 자식이라 남들이 제대로 살지 못할 거라고 해서 한두 해 미루다가 이렇게 됐구나."

그처럼 남편은 철두철미하게 아베를 자기의 자식들과 구별 없이 키웠다. 아베로 인해서 집안이 시끄럽고 아이들이 비뚤어져 나가도 그이는 이렇다 말 한마디 없이 지내 왔다. 오히려 그는 아베로 인해서 내 마음이 상하는 게 괴로운 듯 늘 안타까운 얼굴을 보이곤 했던 것이다. 나는 다시 한 번 당신이 저주 내리신 불쌍한 아베를 어여삐 여기사 그 사람을 보내 주신 하느님께 감사했다. 하느님 감사합니다.

아아, 그러나 하느님은 아직 내 편이 아니었다. 나는 이제 하늘을 잃었다. 어둠과 절망과 가슴을 찢기는 아픔만이 내게 남아 있었다.

동두천에서 온 남편의 여동생, 아이들의 고모가 찾아왔을 때부터 나는 가슴에 구멍이 뚫리기 시작하는 남편을 알아볼 수 있었다. 고모의 몸에서는 노린내가 났다. 나는 그 노린내를 맡으면서 이상한 예감으로 가슴을 떨었다. 그 여자가 아베를 짐승처럼 바라보던 그 눈을 통해서

grinned as she entered and left the faculty room. The damp of the cold cement floor spread to the pit of my stomach.

"Bastard, kneel properly!" The military drill instructor's booted foot came down hard on my lap.

When I was called into the faculty room after four and a half hours of kneeling, I almost toppled over because my legs were cramped from the cold. My teacher sat next to a heater, leafing through a bankbook.

"Are you sorry?"

"Please tell me what I did wrong."

He scowled at me. "Bastard, do you really not know?"

"No, sir. I have no idea what I did wrong."

"Son of a bitch, are you trying to make a fool of me?"

"Teacher, all I did was ask you for an extension on the tuition payment."

"Bastard, how many times have I told you? Your father or mother has to come here to make the request."

"My parents can't come to school."

The other teachers crowded around me. My homeroom teacher grabbed me by the collar and

나는 육감적으로 어떤 불길한 생각을 떠올렸던 것이다.

남편은 이제 아베를 버리고 자기의 혈육인 그 여동생을 통해서 구원받으려 하고 있었다. 남편은 심약한 기질을 타고난지라 아베를 통해 한 가닥 빛을 찾았을 뿐 그 뒤로도 계속 죄의식에 시달리는 생활을 해 왔던 것이다. 그의 가슴속에는 아직도 확인하지 못한 그 절름거리는 병사와 그가 죽인 사람들이 하나둘 살아나서 그를 괴롭히고 있었던 것이다. 그는 항상 멍청해 있지 않으면 어렵게 얻은 직장을 쫓기듯 허둥허둥 물러나와 겁먹은 얼굴로 방에 숨어 살았다. 그이는 자기와 같은 피부, 같은 생각, 자기와 같은 말을 하는 사람들을 겁내고 있었다. 그이는 한국을 떠나 어데 먼 곳에 가 살고 싶다고 늘 말해 왔다. 숨이 막혀. 그는 늘 기어들이가는 소리로 말했다. 북한에 살아 계실는지도 모르는 그의 부모 형제 얘기만 나오면 가슴을 쥐어뜯으며, “아이구, 답답해” 그렇게 신음하곤 했다.

그러한 남편으로 해서 우리 가족은 오늘의 안일은 물론 내일의 희망까지 빼앗긴 채 늘 우울하고 암담한 시간을 가져야 했다. 나는 그 숨 막히는 어둠 속에서 우리 가족을 건져 올리고 싶었다. 암담한 뿌리를 송두리째

shook me until my teeth rattled.

"Bastard, you don't want to come to school anymore, is that it? Go ahead and say it!"

"No, I don't want to."

"You wanna quit?"

"Yes, I do."

Seok-pil, Jae-du, Hyeong-pyo, and I attended the same school and ended up quitting for similar reasons. Jae-du was the most jaded because of his epilepsy.

"Now we four—the Lion's Gang!" Hyeong-pyo said.

We each put a cigarette to our lips and lit them at the same time, puffing hard at them five times before looking at each other. We were all flushed because of the *soju*. After taking two more hard pulls, we broke up into pairs, and Jae-du and I pressed the tip of our cigarettes onto each other's left wrist. We groaned but gritted our teeth and counted to twenty. The smell of burning flesh tickled our nostrils. Something yellow oozed out from the blackened flesh where we had burned ourselves. We poured the leftover *soju* on our wounds, screaming our heads off then laughing at the beads of sweat on each other's brows.

끊어버리고 보다 굳건한 뿌리를 뻗게 하고 싶었던 것이다. 그러나 우리는 가난을, 그 비참한 가난을 헤어나지 못하고 허덕거려야 했으며 이제 스물다섯으로 접어드는 아베로 해서 집안은 항상 음습했다. 아베는 커 갈수록 동물의 본능적인 그 성적 욕구를 발산하지 못해 에미인 나한테까지 몸을 비벼대곤 했다. 아베와 피가 다른 우리 아이들은 정말 본능적으로 아베를 싫어했다. 남편의 무기력과 아베로 인해서 우리 아이들은 떡잎부터 누렇게 시들고 있었다.

진호가 학교에서 제적을 당하고 그리고 계속해서 사고를 냈다. 제 친구 여럿과 함께 벌인 그 사고를 알았을 때 나는 죽어버리기로 마음먹었다. 이때껏 그 굴욕과 고통에 찬 삶을 용케 견뎌온 나로서도 진호의 그 일을 보고서는 정말 이 세상이 싫었던 것이다.

이때 미국에 사는 아이들 고모한테서 초청장이 날아왔던 것이다. 아이들은 물론 남편까지 좋아라 날뛰었다. 사실 남편은 오래전부터 동생으로부터 초청장이 오기를 기다려오던 터였다. 나 역시 한때 기뻤다. 내 남편이 그처럼 좋아하는 일이며 사랑하는 내 자식들을 위해서라면 어딘들 못 갈 것인가. 그래, 남편에게 숨이 트이

"Hahaha, I don't think anything in the world's more painful than this!" one of us said.

"Yes, terrible pain!" I shouted.

"Auntie, one order of raw tofu and a bottle of *soju*, please!" Seok-pil yelled as he led me to a tavern at the corner of a run-down building that'd been there for four years.

"Raw tofu?"

"When my brother got out of prison his friends showered coal ash on him and fed him raw tofu. It's a custom."

"When was I released from prison?"

"You could have been. We envied your family for escaping to America, so instead we decided to think you were being exiled for treason. And now, you've just been released on probation. You must be a changed man like my brother!"

Exile? Yes, my family didn't escape—we were exiled.

"So your brother got out earlier than expected. I remember he was supposed to serve seven or eight years."

"I told you he's a changed man. He betrayed his friends."

는 넓은 하늘을 주자. 그리고 빛을 받지 못해 휘어진 내 아이들이 싱싱한 빛깔을 되찾아 꼿꼿이 뿌리를 내리는 그 역사의 현장으로 가자. 나는 남편과 아이들의 뜻에 순순히 따르기로 했다.

이민에 따르는 그 어려운 국내 여권 수속은 주로 내 힘으로 했다. 남편은 지레 겁을 집어먹고 그 일에 나서지 않으려 했다. 오십 나이에 태권도다 용접 기술이다 그런 데만 쫓아다니느라고 정신이 없었다. 그이는 어린애가 됐다. 나는 남편이 보이는 그런 배신적 변화에 대해 이를 악물고 아무런 불평 한마디 하지 않았다. 그는 어디까지나 내 하늘이었던 것이다. 그러나 나는 까다로운 수속에 필요한 서류를 구비하느라 오랜 시간을 보내면서 아무도 몰래 울음을 삼켰다. 나는 미어지는 가슴을 누구에게 털어 보일 수가 없었다. 물론 죽음도 생각해 보았다. 그러나 내 남편과 아이들을 위해서 그것은 있을 수 없는 일이라고 나는 마음속에 다짐했다. 그들과 함께 미국으로 가 그들 곁에서 그들에게 힘을 보태야 하는 것이 아내와 에미로서의 도리라고 생각한 것이다.

어제 비자 발급을 위한 면접을 했다. 우리 식구들은 대사관 영사과에 갔다. 영사과 정문 수위의 출입 확인

"Betrayed them how?"

"By insisting on his innocence."

"Maybe he is innocent."

"No way. He isn't. The guilt ate him up, that's why he married Yu Seong-ae."

"Like my father."

"Your father?"

I didn't answer. How could I answer when I didn't really understand my father? Still, I had no doubt he had betrayed my mother. Maybe he did it to free himself from exile, and ended up exiling her, hence her silence.

"Hey, tell me about your brother. About his marriage to Yu Seong-ae. From the beginning."

"There's not much to tell. We did it before my brother was arrested, right? He often visited me as my guardian, then he got arrested. I bet he was thinking of Yu Seong-ae the entire time, even in jail because he married her as soon as he got out."

"There're still psychos in Korea, after all."

"Psychos who leave the rest of us suffering"

"What do you mean?"

"My brother ditched out, and my mother is so ashamed she can't even raise her head in front of my sister-in-law. And then there's my suffering!"

을 받는 순간 남편의 손은 떨고 있었다. 아침 여덟 시에 들어가 열두 시에 호출을 받기까지 남편은 안절부절못했다. 나는 은근히 겁이 났다. 우리들이 비자 신청 서식에 답한 그 42가지의 지문 중 '당신은 체포되거나 유죄 판결 혹은 감옥에 구금된 일이 있습니까'란 것이 있는데 만약 영사관 쪽에서 그런 걸 물으면 남편이 '예, 나는 사람을 죽였습니다' 그렇게 대답할 것 같은 얼굴을 하고 있었기 때문이다.

기다린 시간과는 달리 면접 시간은 빨랐다.

"여기 적은 모든 사항이 거짓이 없다는 것을 맹세할 수 있습니까?"

미국인의 말을 한국 여자가 통역했다.

남편은 우물우물 입속말로 대답했다. 물론 우리들이 기재한 그 내용에는 아무런 하자가 있을 수 없었다.

남편과 나, 진호, 정희, 진구 그리고 막내, 한 호적에 올라 있는 우리 여섯 식구는 분명한 가족이며 이민 허가가 제한되는 정신병자, 심신 허약자, 알코올 중독자, 마약 중독자, 귀머거리, 벙어리가 아니라는 증거가 신체검사 결과에 나타나 있었던 것이다.

면접을 끝내고 집에 돌아오니 아베가 방구석에 갇힌

"You're reformed! Are you really suffering over that?"

"Of course I'm still suffering. Put yourself in my shoes! Hyeong-pyo sympathized with me."

"Listening to you, I realize Korea really is a good place to live. Now! Time to disband the four-member Lion's Gang! Cheers!"

Back then, nothing scared us. We acted as one unit, bound by a friendship forged in the shared suffering of a sizzling cigarette burning on our wrists. Even gangsters in our hillside neighborhood and the marketplace gave us a wide berth. A gang of martial arts trainees even made a kind of peace pact with us, saying they didn't want to be bitten by young rabid dogs. We'd drink alcohol, leaning against a boulder on the slopes of Mt. Cheonsu, unable to go down to our houses until we were sober. To kill time, we'd read graphic comic books we bought secretly in Cheongryangni. Female genitals and the manner of moaning were rendered so convincingly it drove us mad and we'd masturbate together when we couldn't stand it any longer.

Once, Jae-du had an epileptic fit while reading, his limbs twisting, froth coming out of his mouth.

채 잠들어 있었다. 아이들이 집을 나갈 때 문고리를 밖에서 잠갔던 것이다. 아베 나이 스물여섯, 열흘만 지나면 그의 생일이었다.

오늘도 식구들은 아베에 대해서 일절 입을 열지 않았다. 하느님이 당신을 위해서 보냈다고 내게 믿음을 주었던 남편마저 아베 같은 건 까맣게 잊고 있었다.

다만 막내가 한마디 했을 뿐이다.

"엄마, 아베도 정말 같이 가는 거지?"

"그러엄, 큰형도 가고말고!"

나는 더 참지 못하고 밖으로 뛰쳐나왔다. 하느님 아버지, 원하고 원하옵건대 제발 이 죄인에게 힘을 주옵…….

3

저녁 여덟 시쯤 돼서 석필이가 나타났다. 예비군들이 입는 얼룩무늬 옷에 머리는 빡빡이였다. 4년 세월이 그 애송이 얼굴을 어느 정도 어른 티가 나게 바꿔 놓고 있었다.

"재두, 갠 너 미국 가구 얼마 안 돼 뱃놈 된다구 부산

After a while, he sat up, disheveled, and a smile spread slowly across his face. He fell silent which dampened the mood somewhat, but we were all still hard. That was when the girl made her appearance. Yu Seong-ae. We were seduced by her stylish looks and her dazzling summer clothes. The three of us stood up, leaving Jae-du alone in a daze. Up close, she looked older than we'd thought. We lost no time. She was scrawny, naked. She didn't look anything like those women in the comics except her genitals, so we worked on that, but it was nothing like in the comics. We fled, filled with an awkward sense of shame and disappointment. We were arrested while playing the guitar at Jae-du's house. That was when we learned that the girl we'd raped worked in a boutique at the market, which explained her smart clothes. We felt duped again. What a scrawny body! We grumbled among ourselves in the waiting area of the police station while our guardians were called in. Hyeong-pyo's frail father, who was almost seventy years old, arrived first. Seok-pil's brother, who'd been expelled from college, came, still in uniform, and growled at us. My mother led them to the hospital where the girl was confined. In the hospital they found Mr.

내려가선 아직 깜깜 무소식이다. 그때 걔 얘기론 원양어선 타구 외국에 나가 배에서 도망친다구 했다."

"재두, 걔 간질병이 심하잖니?"

"누가 아니래. 그러니까 아무도 아는 사람이 없는 외국에 나가 혼자 살다가 죽겠다는 거지."

"부산 간 뒤론 정말 소식이 없단 말이지?"

"그렇다니까. 나쁜 새끼 같으니라구. 걔네 꼰댄 천호동 사는데 한번 찾아가봤더니 아직두 사는 게 말 아니더라. 재두 여동생이 벌어서 먹구산대."

"형표 걘 군대 갔다면서?"

"그래, 작년 봄에 갔다. 휴가 한 번 나왔었는데 최전방이라구 하더라. 북쪽 놈들하고 서로 얼굴도 쳐다보면서 웃기도 한다너라."

"군대 생활 할 만하대?"

"집에서 지내는 것보단 백번 낫다구 하더라. 3년 푹 썩으면서 사람 되는 거지 뭐."

"걔, 군대 가기 전에두 또 사고 냈냐?"

"별루. 참 형표 군대 가기 전에 페인트 만드는 공장에 취직했었다. 한 달에 육만 원씩 받아 적금두 들구 즈 살림에도 보태고……."

Yu, the locksmith at Goblin Market, pleading with the policemen not to charge us for violating his daughter.

"It's my fault. Her mother had a stomach problem, so I asked her to pick some herbs in the mountain. It's her fault that she went there done up too gaudily like that."

My mother and Seok-pil's brother visited us every day. They said that they signed a settlement with the girl's family. We were minors, so we'd be released in about two weeks. We never saw the bitch again, though we learned that her mother was confined to the city hospital.

"Jin-ho, son of a bitch! You got me fucking drunk!"

We'd already finished three bottles of *soju* between us. Seok-pil hadn't had dinner, which had made him more tipsy.

"Hey, it's your turn to talk. Talk about America, the land of milk and honey, where you want to die!"

"I didn't come here to talk about myself. I'm here to hear about you."

"I know what you're thinking. You want to gloat

"야, 정말 놀랬다. 그런데 형표 아버지 병은 고쳤냐?"

"고치긴, 너 미국 가구 금방 돌아가셨다. 돈이 있었으면 수술을 했을 건데 그냥 질질 시간만 끌다가 돌아가신 거지 뭐."

"결국 고향에두 못 가보고 돌아가셨구나!"

"돌아가시면서 그러더랜다. 이북에 있는 큰아들이 불러서 간다구."

"큰아들?"

"너 몰랐구나? 형표 아버진 6·25 때 월남해서 이북에 두고 온 가족 때문에 주욱 결혼 안 하구 있다가 나중에 결혼해서 형표를 낳은 거야."

"그랬었구나, 어쩐지……."

그러다가 나는 문득 식필이 형 생각이 났다. 수재라고 소문이 자자했다. 그러던 중 대학의 무슨 학생 서클 관계로 제적을 당했던 것이다. 제적을 당하고도 학교에 드나들며 무슨 일을 일으켜 끝내 감옥에 간 것을 보고 우리는 미국으로 떠났던 것이다.

"야, 느 형 어떻게 됐냐?"

"응, 1년하고도 3개월 치르구 나왔다."

"학교는?"

over our misery, is that it?"

"You can't be more wrong. I'll talk then. We live in a dirty apartment. The corridor is even narrower than the kind you'd see in those 40-square-meter apartments down by the Goblin market. The place is crawling with cockroaches, and upstairs, black bastards and bitches who look like pigs playing loud music and partying all night, dancing on the bare floor day and night. We eat the same rice and side dishes you do. No, worse than you. I know it sounds incredible, but you have to believe me."

"But you put up with that for the sake of a better future, right?"

"Future? Whose future are we talking about? How can flowers bloom when there aren't any roots? My family's like a bunch of flower buds in a vase. Maybe we'll bloom for a bit, but after a while, we'll all get tossed out."

"Hey, don't think you have to console me. You think all Koreans admire America?" he said sarcastically.

I had no desire to contradict him. I felt empty, and thought of Mr. Lee's flat-chested daughter, withering. Her bud, too, was wilting. Who can change the water, plant the seedling in clean soil

"고만이지 뭐. 집에서 빈둥빈둥 놀다가 요즘 맘 잡구 산업 전사 됐다."

"산업 전사?"

"공돌이 된 거지 뭐. 적성에 딱 맞는대. 야 참, 더 웃기는 건 말이야, 너 놀래지 마!"

"말해 봐, 난 미국 시민이다."

"너, 내 얘기 믿어지지 않을 거다. 우리 형 결혼했다."

"미국 시민은 그런 유머에 안 웃는다. 미국 사람두 결혼하거든."

"인마, 그게 아냐. 우리 형이 누구하고 결혼했는지 그걸 알면 미국 놈도 놀랄 거다."

"누군데, 여자냐?"

"그래, 여자다. 너 유성애란 여자 기억나지?"

"유성애? 글쎄…… 듣던 이름 같다."

"역시 미국은 좋은 나란가 보다. 넌 행복하구나."

"말해 봐. 그 유성애란 여자가 니 형수님이란 말이지?"

"너 도깨비시장서 열쇠 장수하던 유 씨라면 생각날 게다. 우릴 경찰서에서 꺼내 준 바로 그 사람 말이다."

"……그 유 씨 딸이 느 형하고?"

and water it every day until it begins to set roots? Who can pave the way for my father to realize the sham of a life he's lived because of his guilt, so he can save himself? I knew he toiled hard in menial jobs and went to church every weekend, but he wasn't saved and was as lost as ever. Who can give a warm hand to my siblings and bring their lives a little light? My mother, yes, Mother was the only one who could have helped us take root in that giant wasteland, loving us and at the same time wielding the whip without mercy. But Mother...

"Hey, Jin-ho, one more thing." Seok-pil tapped me on the shoulder. He seemed to have sobered up after dozing off.

"Auntie, another bottle please!" I shouted.

"I've always wondered how your older brother Ahbe is doing."

I hadn't expected him to ask about Ahbe. I hadn't imagined that anyone else would be thinking about him. Who would ask about an animal someone just kept in his house? One day, he came to my house and asked me why we kept him there.

"What if I told you the reason I asked you to drink with me was to find out where's the same Ahbe you're asking me about?"

"기쁘다. 미국 놈도 놀래 줘서. 어떻든 느덜이 나눠 가져야 할 고통 나 혼자 때우느라 말씀 아니다."

"느 형 미쳤구나!"

"우리 형이 미친 게 아니라 유성애, 바로 우리 형수님이 뻰뻰이스트지."

나는 벌떡 일어나 여관방 벽에 걸린 남방셔츠를 벗겨 입었다.

"나가자!"

"너 일기 쓰냐?"

석필이가 가방 옆에 놓인 대학 노트를 끌어당기며 물었다. 나는 석필이 손에서 그 노트를 낚아채어 가방 그 밑바닥에 넣은 다음 지퍼를 채웠다.

"일기가 아냐, 역사책이다."

"너 미국 가더니 늦게 사람 됐구나. 공불 다 하구!"

"그래, 나 공부 좀 더 하러 왔다. 4인조 해단식도 해야 하겠고……."

"해단식?"

"결단식이 있었으면 해단식도 있는 법이다. 생각이 깊어지면 어릴 때 한 짓이 우스꽝스러워진다."

"미국식이냐?"

That caught him off guard. He shook his head.

"Seok-pil, have you seen Ahbe, or heard anything about him?"

"What are you talking about? Why are you asking me? Do you think I've seen Ahbe? What the hell...?"

"You heard me right. I'm asking if you've ever seen him."

"You mean Ahbe came back to Korea?"

"Ahbe never went to America."

"Then what happened to him?"

"I have no idea."

My mother never mentioned Ahbe, nor did my father. Our visas were issued and the day of our departure drew closer, but Ahbe stayed home as usual. We were too busy to pay attention to him, even Mother. She'd take us to Dongdaemun Market to buy long underwear and other stuff to bring with us. The unregistered house where we lived in the hillside slum sold for a pretty high price, so my father was even more animated than ever. He had dinner with his taekwondo master to celebrate. We bought plane tickets that we had to pay back in installments once we found work in America, and

"우리 아버지식이다, 왜."

석필이는 뭔가 얘기를 더 하고 싶어 했지만 나는 앞장서서 여관을 나왔다.

"아저씨, 늦게 들어오실 거예요?"

잡채밥 하나를 얻어먹은 사내애가 문턱 나무 의자에 앉았다가 아는 체를 했다.

"그래, 내 방에 가방 좀 잘 봐 줘라."

여관 현관 위의 전등에 나방들이 어지럽게 날고 있었다. 비라도 올 듯 후덥지근한 여름밤이었다.

"너 아는 데 맥주 집 하나 안내해라. 미국 시민은 돈이 많다."

시장통을 걸으면서 내가 말했다. 밖에 나오자 석필이는 어느새 빡빡머리에 얼룩무늬 모자를 쓰고 있었다.

"맥주 마심 나 배탈 난다. 우리 쐬주 먹자!"

"쐬주? 우리 둘이서?"

"난 혼자서두 잘 마신다. 우리 형수님 얼굴 본 날은 꼭 혼자서 쐬줄 마셔야 잠이 온다. 넷이 먹어야 할 걸 나 혼자 마시는 거지."

그래, 그때 우리는 넷이서 처음으로 술을 입에 댔다. 지금 저 어둠 속 천수산 중턱에 앉아 아랫동네에서 사

used the proceeds from the sale of the house and household items to buy daily necessities which wouldn't be easy to find in America. We practically floated on air during those last days in Korea.

"I'm going to say goodbye to my maternal cousin," Father said, leaving early in the morning to see his only relative in Korea, who lived in Gwangju, Gyeonggi Province. My siblings and I also left home one by one to see our friends for the last time, feeling it strange to suddenly bid them farewell. Only Ahbe and Mother stayed behind.

That night, we stayed up late because Mother wasn't at home, or Ahbe.

"She didn't tell you anything, right?" Father asked us nervously several times. We shook our heads, avoiding each other's eyes.

"Ahbe's not going with us to America, right?" my youngest brother whispered in my ear, the only one who mentioned Ahbe.

"Go to sleep, we have to get up early tomorrow!" I said, smacking him in the head.

My youngest brother slept in the corner on our last night in Korea. Jin-gu and Jeong-hui fell asleep too.

"You get some rest too," Father said. He lit an-

가지고 올라온 4홉들이 소주 두 병을 돌려가며 거꾸로 물고 나발을 불었다. 그렇지만 우리들은 꿀꺽꿀꺽 먹는 시늉만 떨었을 뿐 술은 좀처럼 없어지지 않았다. 반은 그냥 흘려버렸지. 그러나 몇 모금씩 목구멍을 넘어간 소주가 우리들을 풍선처럼 부풀어 올렸던 것이다. 죽어 버리고 싶다, 내가 말했지.

"나두."

석필이가.

"나는 살고 싶지 않다."

형표 말을 받아 재두가 말했다.

"이하 동문이다."

우리들은 더 많은 말을 했다.

"그러니……" 하고 내가 말했다.

"우리는 죽을 수 없다. 죽을 필요가 없다구. 이 병신 천치 머저리 같은 새끼들아, 우리가 왜 죽니?"

"맞아, 우린 죽지 않는다."

석필이가 말했다.

"성공해야 한다. 우린 성공해야 한다."

"그래, 돈을 버는 거다. 돈, 여자, 그리고 오래오래 잘 먹고 잘 사는 거다."

other cigarette. It was past midnight, so the neighborhood was quiet. I thought about Ahbe, about his mouth that gaped endlessly open, his constant drooling, his odor... I concentrated on the things I hated about him. He wasn't human being. Yes, it would have been better to have a pit viper for a pet. He'd brought so much suffering on our family, even getting me expelled from school. Ahbe... Because of him, we might not be able to leave tomorrow. I seethed. I tossed and turned and finally fell asleep.

We were supposed to check in at Gimpo Airport by 4 o'clock at the latest to catch the 5:30 p.m. flight. But Mother hadn't come back by one o'clock. Father was chain-smoking and his large body seemed to have shrunk miserably overnight. I felt sorry for him. He fidgeted and sighed deeply. Soon, the new owners of our house barged in, piling their dirty belongings on the narrow veranda. They brought crocks of sauce and briquettes, and we had to get out of the way, lugging our small suitcases out with us. My youngest brother started crying, and my father's lips were dry and cracked. "Dad, let's go without Mom!" Jeong-hui screamed.

Then Mother showed up. I checked the clock. It

재두가 그렇게 말하면서 이제까지 허풍과 달리 소주병을 들어 벌떡벌떡 병나발을 불었다.

"자, 우리 4인조 사자클럽 결단을 위해서!"

형표가 재두의 술병을 빼앗아 벌컥벌컥 들이켜기 시작했다.

"우리 위대하신 담임선생님을 위해서."

내가 술병을 빼앗아 들었다. 나는 그날 오전 무려 네 시간 동안이나 교무실 앞 복도에 꿇어앉아 있었다. 선생들이 지나다니며 내 머리통을 쥐어박았다.

"이놈 정말 문제아군. 저 새끼 한번 오라구 그렇게 연락을 해두 끄떡두 안 하는 거야."

교무실 사환 계집애가 드나들며 핼금핼금 웃었다. 차가운 시멘트 바닥의 그 습기가 배 속까지 번져 올랐다.

"이 새끼, 똑바로 앉지 못해?"

교련 선생이 꿇어앉은 내 무릎을 구둣발로 짓이겼다. 나는 네 시간 삼십 분 만에 교무실로 불려 들어갔다. 얼어붙은 다리가 저려 일어나다가 그냥 주저앉았다. 담임은 난롯가에 앉아 적금통장을 뒤적이고 있었다.

"반성했나?"

담임이 물었다.

was 2:45 p.m. No one dared to speak to her. I had never seen her look so haggard, and looking back, that was when her face put on blank look she'd worn ever since. Seeing her so dazed, the neighbors who'd come to check on us since that morning didn't dare ask her anything. But Mother seemed to collect herself and went about the rest of the preparations carefully. She handed the five remaining briquettes to our neighbors across from us, and the small crock, the last of its kind, to an old woman next door.

"Please watch your step on this side of the wooden veranda. It'll be better if you fix it today," Mother said, indicating the crack to the woman who had just moved in.

"Please, you can all go now. We will never forget your kindness," she said, waving at our neighbors who followed us down the alley.

Father hailed two taxis in front of a pharmacy. He took the first one with Jeong-hui and Jin-gu, while Mother, my youngest brother and I followed them in the second taxi. My brother sat next to Mother in the back seat. The taxi left the market and cruised down the six-lane road, but Mother still hadn't said anything. I looked at her in the mirror above me

"선생님, 제가 뭘 잘못했는지 말씀해주십시오."

담임의 얼굴이 험악해졌다.

"이 새끼야, 너 정말 몰라서 묻냐?"

"네, 저는 제가 잘못한 걸 모르고 있습니다."

"이 새끼 봐라, 이거! 너 정말 기어오르기냐?"

"선생님, 전 등록금을 연기해 달라고 말씀드린 일밖에 없습니다."

"이 새끼야, 느 애비 에미가 직접 와서 연기하라구 내가 몇 번씩 말했냐?"

"우리 부모님들은 학교에 오실 수 없습니다."

교무실의 다른 선생들이 내 주위로 몰려들었다.

"야, 이 새끼야, 너 학교 다니고 싶지 않지?"

담임이 내 멱살을 잡아 풀무질하듯 앞뒤로 흔들어댔다.

"학교 다니기 싫지?"

"네, 학교 다니기 싫습니다."

"자퇴할래?"

"네, 자퇴하겠습니다."

석필이, 재두, 형표는 나와 같은 중학교 동창이었다. 네 사람 모두 나와 비슷한 처지로 학교를 그만두었다. 그러나 유독 재두만은 고질인 간질병 때문에 비관하고

and saw her face rigid, eyes shut tight. As the taxi drove past the river I heard my brother ask her, "Mom, where's Ahbe?"

I pricked my ears, watching the passing scenery outside the window, but there was only silence until we reached the airport. Children are brave, but no matter how brave my youngest brother was, he never mentioned Ahbe again in the presence of Mother after that.

"Seok-pil, you gotta go home and sleep!"

We'd moved to a bar but could only finish three out of the five bottles of beer we'd ordered. He mumbled something I couldn't make out, dozing off with his head up against the chair. "Bastard, you eat fucking so well. That's why you don't get drunk." he laughed.

"Go home, if you're not gonna drink! The bar's not for sleeping!" The barmaid attending to us grumbled, fanning her plunging neckline to cool herself. Even drunks wouldn't find her pretty in the dim light, but I was terribly horny and she was voluptuous, with the round thighs you'd see in adult comics.

Then out of the blue, I remembered the piece of paper where Miss Park, the college girl, had scrib-

있었다.

"자, 시작하는 거다. 4인조 사자클럽!"

형표가 말했다. 우리들은 담배 한 개비씩을 나누어 물었다. 똑같은 시간에 담배에 불을 붙였다. 그리고 힘껏 다섯 모금씩 빨아들인 다음 서로의 얼굴을 쳐다봤다. 처음 먹은 술에 얼굴이 붉게 물들어 있었다. 우리는 다시 두 번 힘껏 담배를 빨아들이면서 둘씩 짝을 지어 앉았다. 나는 재두의 왼손을 잡았다. 재두 역시 내 왼손을 잡았다. 우리는 동시에 담뱃불을 시곗줄을 걸치는 그 팔목 위에 댔다. 우리는 신음했다. 그러나 이를 악물고 입을 모아 하나—두울—세엣—네엣—다섯—여섯…… 스물까지 세었다. 살 타는 냄새가 났다. 담뱃불에 지져신 그 시커먼 데서 노란 액체가 줄줄 흘러나왔다. 우리는 그 상처 위에다가 먹다 남은 소주를 부었다. 네 사람 입에서 각기 무서운 비명이 터져 나왔다. 그리고 서로의 얼굴 위에 솟은 땀방울을 쳐다보며 웃었다.

ㅎ, ㅎㅎㅎ.

누군가 말했다.

"이 세상에 이만큼 무서운 고통은 또 없다!"

그렇다. 우리는 이러한 무서운 고통을 참고 견뎠다.

bled her number and had given me on the bus. I'd tucked it between the pages of my pocket notebook. I checked my watch. It was 11:05 p.m. Looking down at the phone number, I thought I would have time to call her tomorrow. Or next week...the week after next week... But I shook my head and folded it in half. I folded it again and again before I tore it to shreds then threw them at the buxom barmaid.

"Hey, girl, do you know where Ahbe is?"

"Weirdo..." she said, brushing off the scraps of paper. "Who's Ahbe? What kind of question is that?"

"Just answer me! Where's Ahbe?"

"How do I know?"

"I am asking you because my mother never gave me the answer."

She didn't finish her diary. *God, please give this sinner strength*. How could she write more?

"Tell me what my mother did with Ahbe?"

"What are you talking about? Who the hell is Ahbe?"

"Ahbe...Ahbe is a human being. He's my older brother."

"What's the problem then? He's probably at

"아주머니, 여기 날두부 한 접시하고 쐬주 한 병!"

4년 전에도 있었던 낡은 건물 한구석에 자리 잡은 술집에 들어서면서 석필이가 말했다.

"웬 날두부냐?"

"우리 형두 교도소서 나올 때 친구들이 연탄잴 뒤집어씌우고 날두불 멕이더라. 그렇게 하는 거래."

"야, 내가 교도소에서 나온 사람이냐?"

"마찬가지야. 우린 느네가 미국 떠나는 거 보고 부러웠다. 그래서 이렇게 생각했다. 느네가 대역 죄인이라서 유배를 간 거라구. 넌 지금 집행유예로 풀려난 거야. 우리 형처럼 사람이 달라져 나왔겠지!"

유배, 그렇다. 우리 식구들은 귀양을 간 거야. 도피가 아니라구.

"참, 느네 형 생각보다 빨리 나왔구나. 그때 7년이니 8년이니 하더니."

"사람이 됐다니까 자꾸 그러네. 친구들을 배신한 것만 빼고."

"배신?"

"그래, 배신한 거야. 자기만 깨끗했다구 주장한 거지."

"느 형 깨끗했을 거다."

home."

"Home?"

"Yes. Home, where your father, mother and grandmother live. Oh, I'm dying to go to my grandma's in the countryside."

"Grandmother?"

"Yes. As soon as I make enough money, I'll..."

"I've got it! You said grandmother's, right?" I was over the moon. I grabbed a bottle from the table and gulped it down.

"Hey, sleep with me tonight!"

"What? This isn't a whorehouse!"

I took out my wallet and showed her a wad of bills. "I've got no time to waste! Just tell me, are you gonna sleep with me or not?"

She stared at me then lowered her head before answering in a whisper. "The economy's bad nowadays, and I don't even get tips because this is a bad neighborhood."

"So?"

"I gotta work here until 12 o'clock, honey. Where do I meet you?" She looked at me without lifting her head.

"Do you know the motel next to the movie house up there?"

"천만에, 깨끗한 사람이 아냐. 그게 괴로워서 유성애하고 결혼한 거다."

"우리 아버지식이구나."

"느네 아버지?"

나는 대답하지 않았다. 대답을 할 수가 없다. 그 일을 내가 이해할 수가 없기 때문이다. 그러나 아버지가 어머니를 배신한 것만은 틀림이 없다. 유배지에서 풀려나기 위해서인지 모른다. 그러나 어머니는 침묵하고 있다. 귀양 온 걸 억울해하고 있는 게 분명하다.

"야, 석필아, 느 형 얘기 마저 듣자. 유성애하고 결혼한 그 얘기."

"얘긴 간단하다. 형이 잡혀 들어가기 전에 우리가 그 일을 저질렀잖니! 그때 우리 집 내 보호자로 형이 왔다 갔다 했잖아. 그러다가 잡혀 들어간 거구. 그 속에서 내내 유성애만 생각했겠지. 그리고 풀려나자 결혼한 거야."

"한국엔 아직두 그런 정신병자가 많구나."

"그런 정신병자 때문에 오히려 많은 사람이 피해를 입는다."

"피해?"

"그래. 물론 우리 형은 따로 나가 산다. 그렇지만 우리

"Hangang Motel?"

Once I'd settled the tab, which I'd asked her to bring, I gave her a couple of large notes for her services. Her eyes widened and she put them between her breasts. I saw a slight spasm cross her flushed face. Yoon-jeong, I thought, I want to outgrow myself and bring color to your wan face. Yoon-jeong... For the first time, I uttered the name of Mr. Lee's daughter that night.

"Wow, this is wonderful!" Tommy exclaimed for who knows what time. He enjoyed the countryside scenery last week when I played that prank on him, but he said the view of the river we were strolling along was the best he'd seen so far. We'd taken the bus in Chuncheon and had gotten off in about half an hour. After crossing the causeway of the huge dam, we followed the path on the steep slope surrounding the lake, the green shadow of the mountain mirrored by clear water. Anglers sat serenely near the water's edge, adding to the charm of the surrounding countryside.

The path we took was barely wide enough for a car. It had rained the night before, making the trees look even lusher and freeing the road of dust. A

어머니는 며느리 앞에서 고개를 못 든다. 나 괴로운 건 더 말할 수도 없다."

"정말 많이 변했구나. 네가 그 일을 가지고 괴로워하다니! 정말 괴로웠냐?"

"그래, 지금두 괴롭다. 너두 내 입장이 돼 봐라. 형표 개두 함께 괴로워했다."

"그렇게 말하는 네 얼굴을 보니까 한국은 정말 살기 좋은 나라라는 생각이 든다. 이제 4인조 사자클럽은 해체하겠다. 자, 건배!"

우리들은 세상에 무서운 게 없었다. 담뱃불로 팔목을 지글지글 지지던 그 고통을 함께 나눈 우정을 가지고 우리는 하나처럼 움직였다. 산동네와 시장통 어깨들이 우리를 피할 정도였다. 체육관 패들도 우리에게 손을 내저었다. 미친 개새끼한테 물리긴 싫다. 그들이 그렇게 말했다. 우리는 가끔 천수산 중턱 그 바위 밑에 앉아 술을 마셨다. 미성년인지라 술이 깨기 전엔 마을로 내려갈 수 없었다. 청량리에서 우리 같은 애들한테만 몰래 파는 그 노골적인 성인만화를 구해다가 그런 시간에 읽었다. 여체와 성기와 그 교성이 환장할 정도로 리얼하게 그려져 있었다. 우리는 견딜 수 없었다. 수음을 했

tractor rumbled towards us from the opposite direction, breaking the stillness of the summer afternoon. The anglers, who'd been motionless until then, stirred to change their baits. A young man was perched on the tractor, shirtless.

"How far to Saem Village?"

The young man stopped the tractor and eyed Tommy and me warily.

"We're headed there. Is it still far?"

He cast a glance somewhere above the lake, to the direction from which he'd come rumbling down, and turned back to us. "The village is gone. It used to be over there above the valley with all the jujube trees, before they built the dam. Now the village is underwater, though there are still a few houses left on the mountain slopes."

"There're still houses over there?"

"Yes, but nobody calls it Saem Village anymore."

"Do you happen to know of a Mr. Choe Changbae who used to live there?"

He gave it a thought then shook his head. "Doesn't ring a bell." He looked at Tommy and me again before restarting the engine. "When you round the corner of the mountain you'll find a store that used to be at the entrance to Saem Village.

다. 어느 날 그 불량만화를 보던 중 재두가 간질을 시작했다. 사지를 뒤틀면서 게거품을 입에 물었다. 그리고 잠시 후 부스스 일어나 씨익 웃었다. 그때부터 재두는 말을 잃었다. 우리는 우울했다. 그러나 우리들의 성기는 팽창한 채 몹시 툴툴거렸다. 그때 우리들 눈앞에 그 계집애가 나타난 것이다. 유성애. 그 현란한 여름옷이 우리의 눈을 현혹했다. 맵시 있게 차려입은 옷이었다. 우리들은 동시에 일어섰다. 재두 혼자만 멍청히 앉아 있었다. 그 계집앤 가까이 보니 생각보다 나이가 들어 보였다. 그러나 우리는 행동을 개시했다. 막상 벗기고 보니 몸이 너무 빈약했다. 그 만화 속의 그림과 같은 것은 오직 그네의 그곳뿐이었다. 그래서 우리는 해치웠다. 만화의 내용과는 너무 날랐다. 우리는 다만 실망과 열없음의 그 찜찜한 기분으로 도망쳤다. 그리고 재두네 집에 모여 앉아 기타를 치다가 잡혔다. 우리가 해치운 그 여자애는 시장통 양장점에서 일하는 계집애였다. 어쩐지 옷이 맵시 있더라니. 우리는 속은 게 분했다. 몸이 그렇게 빈약한 계집애도 있다니. 우리는 경찰서 대기실에 앉아 툴툴거렸다. 우리들의 보호자가 불려왔다. 형표네는 칠십이 가까운 병든 개 아버지가 왔다. 석필이

You can ask there."

The guy, who must have been four or five years my senior, set off again on his tractor.

"So Jino Kim, this person you are looking for, you think he lives there?" Tommy asked.

I looked at him. He was lanky and his forearms were covered with thick blond hair. And though I never noticed it even after I'd started with them, he gave off an unmistakable Yankee stench.

"Tommy, are you familiar with the Korean War?"

"Very much," he said.

Of course, we had learned about Korean history and the Korean War in the classes we were given at the training camp to prepare us for our mission.

"So tell me what you know about it."

"Brothers took up arms against each other," he said, grinning smugly over his answer.

"Then?"

"The United States of America came to save the day for you, South Koreans," he continued, his voice filled with pride.

"Not the USA, dumbass, the UN," I blurted in Korean.

"Huh?"

"I said you got it right. But what are you still do-

형은 제적을 당했으면서도 대학 교복을 입고 있었다. 그는 우리를 둘러보며 으르렁거렸다. 우리 어머니가 그들을 데리고 그 양장점 계집애가 있는 병원으로 달려갔다. 도깨비시장에서 열쇠 장사를 하는 유 씨가 자기 딸을 범한 우리들을 위해 경찰관에게 애원하고 있었다.

"내가 잘못했습니다유. 제 에미가 위장병에 걸려 내가 개더러 산에 들어가 삽초싹 뿌리를 캐 오라고 한 것이 잘못이었지유. 그리고 제 딸년이 옷을 너무 야하게 입고 있었던 것두 잘못이지유."

우리 어머니와 석필이 형이 하루에 한 번씩 경찰서에 왔다. 합의서를 썼다고 했다. 우리는 미성년자였다. 잡혀 들어간 지 두어 주일 만에 풀려날 수 있었다. 다시는 재수 없는 그 계집에 얼굴을 못 봤다. 다만 그 계집애의 어머니가 시립병원에 입원했다는 말만 들었다.

"야, 진호, 이 개새끼야. 너하고 술 마시니까 드럽게 취한다."

우리는 2홉들이 소주 세 병을 다 바닥내고 있었다. 석필이는 저녁을 먹지 않은 속이라 무척 취하는 모양이었다.

"야, 인마, 이젠 니 얘기 좀 해라. 미국 가서 잘 먹고 잘

ing here if you've saved the day?"

"South Korea is still technically at war, whether you like it or not. That's what we're here for—to help you."

"Why, what do you get out of helping us?"

"Because we're friends."

"Idiot, how can there be friendship when there isn't even trust?" I muttered again in Korean.

"What does that mean?"

Thankfully, we reached the small roadside store near the valley just then so I didn't have to answer him. A young woman nursing an infant on the wooden veranda at the edge of the store turned abruptly from us and straightened her clothes. The baby stared at us wide-eyed, its lips wet with milk. I sensed somebody stir behind us and saw an old woman rising from one of the two benches in front of the store where she had lain. Tommy and I sat on the edge of the bench and wiped off our sweat. Aside from the lake we'd stared at while making our way there, another lake stood wide before the store. It must have been where Saem Village lay submerged like the young man had said.

We ordered and the young woman came back from the courtyard with two bottles of soda, two

살다 뒈질라고 이민 간 그 얘기 말이다."

"내 얘기하러 여기까지 오지 않았다. 느덜 얘기가 듣고 싶어 한국에 온 거다."

"인마, 네 속 내가 모를 줄 아냐? 비참한 우리들 얘기가 듣고 싶어 그러지?"

"그건 오해다. 그렇다면 내가 단 한 가지만 얘기해주지. 우린 아파트에 산다. 저 아래 도깨비시장 옆 열두 평짜리 서민 아파트보다 통로가 더 좁고 불결한 그런 아파트에 산다. 바퀴벌레가 버글버글한다. 위층에서는 돼지같이 생긴 흑인 연놈들이 생음악을 연주하며 카펫도 깔리지 않은 데서 댄스파틴지 지랄인지 밤낮 없이 발광을 한다. 우린 그런 데서 여기서와 똑같은 밥, 똑같은 반찬을 먹고산다. 오히려 여기서보다 더 못 먹고 더 맛없는 반찬을 먹고산다. 믿지 못하겠지만 믿어줘라."

"느가 그렇게 사는 건 그래두 미래를 위해서 그러는 거 아니냐?"

"미래? 누구, 누구의 미래냐? 뿌리가 없는데 어떻게 꽃이 피겠냐? 우리 식구들은 지금 화병에 꽂힌 꽃망울과 같다. 어쩌면 한때 꽃이 필 수도 있겠지. 그러나 결국은 머지않아 쓰레기통 속에 집어던져지고 말 것이다."

bottles of beer and a bag of chips. The bottles were damp and cool—she'd probably kept them in the well.

I reached for the old woman's arm as she made her way towards the baby on the veranda. She looked shrunken, and must have been in her seventies. She sat awkwardly on the bench, stealing glances at Tommy. I poured her some cider and handed a couple of chips to the baby, who was looking at us apprehensively. To put her at ease, I asked the old woman about life in the countryside and about the baby, who turned out to be the child of her fourth son. She had four sons and two daughters, who had given her a total of 18 grandchildren, she said. She looked hale and hearty for 82, and had no problem hearing.

"Have you lived long here in Saem Village?"

"Of course, very long! I got married at 16 and moved here from Chang Village over there. Everyone left for the city when the village was flooded seven years ago, but I'm still. It's been, let's see...66 years."

She was probably used to dealing with customers and found it easy to talk.

"You must know Mr. Choe Chang-bae then,

"인마, 진호야. 나 너한테 그런 식으로 위로 안 받아도 좋다. 네가 생각하는 것처럼 한국 사람들이 모두 미국을 동경하는 줄 아냐?"

석필이가 빈정거렸다. 그러나 난 그 빈정거림에 맞서고 싶은 생각이 없었다. 나는 가슴이 허전하게 비어 들었다. 문득 빈약한 가슴을 가진 채 시들시들 메말라가고 있는 이 씨의 딸이 생각났다. 그네는 꽃망울인 채 시들어가고 있었다. 누가 화병에 물을 갈아 넣어줄 것인가. 누가 그 꽃나무를 깨끗한 모래에 꽂아 매일매일 물을 주어 뿌리를 내리게 할 수 있단 말인가. 누가 우리 아버지의 자책으로 인한 그 거짓의 삶에 일깨움을 주어 병든 영혼이 구원받을 수 있는 길을 열어줄 것인가. 나는 아비지가 그처럼 열심히 탐닉하는 천한 노동과 휴일이면 찾는 한인교회에서의 기도를 통해서도 결코 구원받지 못한 채 방황하고 있는 것을 잘 알고 있었다. 누가 내 동생들에게 따뜻한 손길을 내밀어 눈먼 그녀들에게 참되게 사는 빛을 줄 것인가. 어머니, 그래 어머니만이 우리 모두에게 사랑과 호된 채찍을 휘둘러 그 드넓은 땅 메마른 흙 속에 뿌리를 내리게 할 수 있었다. 그러나, 그러나…….

grandma."

She paused for a moment, her gaze fixed somewhere in the middle of the lake where the village used to be.

"I don't remember him. Choe Doo-se, the *myeon* chief was the only person with the family name Choe in the village..."

"That's right. Didn't the vice chief, Mr. Choe something, have a son named Choe Chang-bae?"

"Maybe. He did have a son..."

"What happened to him?"

"Who knows? He could be dead or alive. He was forced to join the People's Army during the war and was never seen or heard from since."

"Then his mother must have lived here, right?"

She studied my face before answering. "You mean the *myeon* chief's wife?"

"Yes."

"What business do you have with the dead?"

"You mean she's dead?" I cried, leaping to my feet before sinking back onto the bench. Tommy had settled himself on the edge of the veranda and was playing with the baby, who was laughing, seizing the collar of his colorful shirt.

"Yes, dead. She always said she'd outlive me by

"야, 진호야. 한 가지만 물어보자."

석필이가 내 어깨를 쳤다. 앉은 채 잠깐 졸더니 술이 좀 깬 것 같았다.

"아주머니, 여기 술 한 병 더!"

이번에는 내가 주모한테 술을 주문했다.

"진호야, 느네 형, 아베 잘 있는지 그게 늘 궁금했다."

석필이가 말했다. 우리 형, 아베가 잘 있는지 궁금하다고. 놀라운 일이다. 이 세상에 아베에 대해서 생각하는 사람이 또 하나 있다는 것은 우선 놀라고 볼 일이다. 누가 남의 집에서 키우던 짐승에 대한 안부를 묻겠는가. 저걸 왜 집에 두니? 언젠가 우리 집에 왔던 석필이 그놈이 그렇게 물었었다.

"내가 오늘 여기 와서 너하고 술을 먹는 건 네가 궁금해하는 그 아베의 행방에 대해서 알고 싶기 때문이야."

내가 역습을 했다. 석필이가 무슨 소리냐는 듯 고개를 갸우뚱거렸다.

"석필아, 너 우리 집 아베 못 봤냐? 보진 못했더래도 뭔 소식이라도 못 들었니?"

"지금 무슨 소릴 하는 거야? 아베를 못 봤느냐, 그게 무슨 얘기냐?"

ten years, but she died four years ago."

"Four years ago?"

"Yes, the year there was a great to-do about the exchanges between the two Koreas. She danced happily, sure she would finally see her son again..." Tears suddenly ran down the old woman's cheeks, catching the summer afternoon light. "Don't you read the papers? My children said her death was widely reported in the local papers in Gangwon Province."

"Why, how did she die?"

"Because of the blasted money. Money is the root of all evil, it really is."

"Money?"

"She had a bundle of money stashed away for her son and grandson in case they came back. The Choes owned the largest property in the village so she got a lot of money in compensation when they built the dam. We told her to put it at Chuncheon Bank because it was dangerous to keep it at home, but she refused and kept it all in the house, saying the banks would be no use if war broke out again. So someone murdered her."

"Did they catch the murderer?"

"No, he made off with all the money. He was a

"그래, 우리 형 아베를 못 봤느냐고 그렇게 물었다."

"그럼 아베가 한국에 나왔단 말이냐?"

"아베는 미국에 가지 않았다."

"아니, 그럼 어떻게 된 거냐?"

"그걸 나도 모른다."

어머니는 아베에 대해서 말하지 않았다. 아버지 또한 아베에 대해서 말하지 않았던 것이다. 비자가 나오고 그리고 우리가 떠나야 할 날이 다가왔을 때까지 아베는 평시와 다름없이 집에 있었다. 아무도 아베 같은 것에 대해 관심을 둘 만큼 한가하지 않았다. 어머니마저도 우리들을 데리고 동대문 시장을 다니면서 우리 식구들이 입어야 할 내복을 사 짐을 꾸리기에 정신이 없었다. 우리들이 살던 산동네 무허가 건물이 꽤 비싼 값으로 팔렸기 때문에 아버지는 태권도 도장 사범과 저녁을 먹는 등 전에 없이 활기를 띠고 있었다. 우리들은 미국에 가 돈을 벌어 비행기 표 값을 월부로 갚기로 계약했기 때문에 집이랑 몇 가지 쓸 만한 가재도구를 판 돈으로 미국에서 사기 어려운 생활필수품을 사들이기에 여념이 없었다. 우리 식구들은 공중에 붕붕 떠다니는 기분으로 한국에서의 마지막 날들을 보내고 있었다.

gangster from Chang Village, I heard. I'm sure they hadn't caught him or it would have been in the news."

"Where did she live?"

"The big house went underwater, so she had that run-down one built there and lived alone. She didn't want to move to the city because her son or grandson might not be able to find her..."

I looked at where she was pointing and saw a tall house on a hill in the valley where the branches of two old pine trees spread over the water. "Who lives there now?"

"Who would live in a place like that? It's just rotting like that, though sometimes, anglers take shelter there when it rains."

My shoulders sagged. I suddenly felt exhausted.

"Where's her grave?"

"She said she wanted to be buried next to her husband, so we kept her wish. She died penniless and we didn't have enough to put her and her husband in the same grave. We just pitched in for a simple funeral."

"Where is it?"

"Why? You wanna go there?" The old woman looked me up and down. "I don't know how you

"나 오늘 외사촌 형한테 좀 다녀올 거요."

출국일을 이틀 앞두고 아버지가 경기도 광주에 이사가 사는 단 하나의 친척인 당신의 외사촌 형 집에 인사를 간다고 아침 일찍 떠났다. 우리 남매들도 친구들을 마지막으로 만나보기 위해 가슴에 실로 묘한 감상을 매달고 밖으로 뿔뿔이 흩어져 나갔던 것이다. 집에 남겨진 것은 아베와 어머니뿐이었다.

그날 우리들은 어머니가 밤늦게까지 돌아오지 않아 잠을 자지 않고 기다렸다. 물론 아베도 집에 없었다.

"엄마가 느덜한테 아무 말도 안 했단 말이지?"

아버지가 초조한 기색으로 우리한테 거듭거듭 묻고 있었다. 우리 남매들은 고개를 가로 저으며 서로 눈길을 피했다.

"형, 아벤 미국 안 가는 거지?"

아베에 대해서 말한 것은 막내뿐이었다. 그것도 내 귀에다 대고 속삭였던 것이다.

"야, 인마. 낼 일찍 일어나려면 빨리 자기나 해!"

내가 막내의 머리통을 툭 치며 말했다. 막내는 방 한 구석에 쓰러져 한국에서의 마지막 잠을 잤다. 진구도 정희도 잠들었다.

are related to her, but thank you all the same." She gave me elaborate directions to the grave, indicating the valley behind the hill where the old pine trees stood. "So another one comes looking for her grave," she mumbled.

"You mean someone else came to see her grave?"

"Yes. Half a year after she died her daughter-in-law showed up with her retard son. The poor woman had been waiting for her grandson, the family's only heir, and it's a shame she'd been long buried when he finally came. Why hadn't they come earlier? How heartless!"

"Did she really look for her grandson?"

"Of course, she did. Once a year, she'd go downtown and ask around, but each time, she'd come back stooped and disappointed.

"Why was she looking for him?"

"What sort of question is that? It's human nature to seek out your own blood. The poor woman made a terrible mistake and never forgave herself for the rest of her life. She thought it was cruel to detain her young daughter-in-law so she found a pretext to throw her out of the house. But she regretted losing her grandson in the bargain."

“너두 그만 자거라.”

아버지가 또 다른 담배에 불을 붙여 물며 말했다. 열두 시가 넘어 산동네 그 아래의 소음도 잠들어버린 시간이었다. 나는 몰래 훔치듯 아베를 생각했다. 아베의 그 헤벌린 입과 거기서 끊이지 않고 흘러내리는 침과 그 냄새와……. 나는 되도록 아베의 더러운 것만 골라 생각했다. 아베는 사람두 아니야, 그래, 차라리 아베보다 살모사가 더 기르기 좋을 거야. 아베 때문에 우리 식구들은 입때껏 고통을 당했어. 아베 때문에 나는 학교에서 제적을 맞은 거야. 아베 때문에……, 아베 때문에 우린 내일 떠날 수 없을는지도 몰라. 나는 아베에 대한 분노로 속이 부글부글 끓어올랐다. 그렇게 뒤척이다가 잠이 들었다.

우리는 김포공항에 늦어도 오후 4시까지 나가야 했다. 5시 반에 비행기가 뜨기로 돼 있었던 것이다. 어머니는 전날은 물론 그날 오후 1시까지 돌아오지 않고 있었다. 아버지는 계속 담배를 피워 댔다. 아버지의 그 커다란 체구가 형편없이 짜부라져 차마 맞바로 보기에 민망할 정도였다. 아버지는 안절부절못하며 아주 크게 한숨을 몰아쉬었다.

"What happened to the woman and her son?"

"She told me that after her mother-in-law threw them out, she remarried and had a few more children and was doing fine. She was sad to hear of her mother-in-law's death. Damn it! Why be sad, when she never came to see her when she was alive? What a shame! You young people never understand us old ones."

"Her daughter-in-law and grandson...did they see the house?"

"Yes, they did. She held the cripple and they went looking for the grave. Maybe that's what they mean by blood ties..."

"And did they leave?"

"What? Why in the world would they want to stay here?"

"Did you see them leave with your own eyes? I mean, did you see them come back from the grave?"

The old woman stared at me like I was being obtuse. "Yes, I did. I thought it was strange because they hadn't come back after a few hours. But they did, eventually, when it was already quite dark."

"The son, too?"

"Yes. She fed him bread and soda till he was full

우리 판잣집을 산 사람들이 그때 들이닥쳤다. 그들의 지저분한 이삿짐이 쪽마루에 가득가득 쌓였다. 장독이 들어오고 연탄도 들어왔다. 우리들은 몇 개의 작은 가방들을 저마다 하나씩 들고 그 이삿짐 사이를 이리저리 비켜서야 했다. 막내가 징징 울기 시작했다. 아버지의 입술이 꺼칠하게 타고 있었다.

"아버지, 엄마 놔두고 우리끼리 가!"

정희가 악쓰듯 말했다.

그때 어머니가 나타난 것이다. 나는 시계를 보았다. 오후 2시 45분이었다. 아무도 어머니한테 말을 붙이지 못했다. 나는 아직까지 그렇게 초췌해진 어머니를 한 번도 본 적이 없었다. 그렇다. 어머니의 그 넋 나간 얼굴은 그때부터였다. 아침부터 우리 집을 기웃거리던 이웃 사람들도 어머니의 그런 표정을 보면서 아무것도 묻지 않았다.

그러나 어머니는 애써 그 굳은 표정을 풀면서 선후를 가려 떠날 채비를 했다. 남은 연탄 다섯 장은 바로 앞집 여자에게 넘기고 다 돌려주고 아직도 남았던 작은 항아리 하나는 옆집에 혼자 사는 할머니한테 넘겼다.

"이쪽 쪽마루를 조심해서 디디세요. 아주 오늘 손봐서

before going back that way," she said, lifting her chin towards the path we'd taken. "I remember wondering how she'd manage on the steep path in the darkness with a cripple... She said they lived in Seoul."

I rose from the bench and paid the young woman for what we had, and asked for a large bottle of *soju* and two moldy dried pollack, which I put in a brown bag.

"Hey, Tommy!"

He looked ridiculous, carrying the baby in his arms and crouching to catch a dragonfly in the chili patch by the lake. The baby gurgled in his hairy arms.

I would take Tommy to the grave and introduce him to *soju*. Drinking *soju* is a great way for Americans to learn more about Korea. Besides, I'd made up my mind to make the grave the starting point of my search for my older brother, Ahbe, which may well lead me to fertile ground where the withered trees can sink their roots.

Translated by Sohn Suk-joo

사시는 게 좋으실 거예요."

우리 집을 사 이사 온 집 아낙네한테 어머니가 쪼개진 쪽마루를 가리켜 보이면서 말했다.

"이제 고만들 들어가세요. 정말 잊지 못할 거예요."

골목 그 아래까지 따라온 이웃 사람들을 향해 어머니가 마지막 인사를 했다. 아버지가 약국 앞에서 택시 두 대를 잡았다.

앞차에는 아버지와 정희 그리고 진구가 탔다. 나는 어머니와 함께 뒤차를 탔다. 막내가 뒷자리 어머니 곁에 붙어 앉았다. 시장통을 다 빠져나가 차가 6차선 큰길을 내달릴 때도 어머니는 말이 없었다. 내 이마 위 백미러를 통해 어머니 얼굴을 찾았다. 백미러 속 어머니 얼굴은 눈을 감은 채 굳어 있었다. 강변도로를 달릴 때 막내 목소리가 뒤에서 들렸다.

"엄마, 아벤 어딨어?"

나는 창밖으로 빠르게 흘러가는 경치를 바라보면서 신경을 곤두세웠다. 그러나 나는 공항에 다 이를 때까지 아무 소리도 듣지 못했다. 어린아이들에겐 용기가 있다. 그러나 아무리 용기 있는 막내라 할지라도 그 이후 어머니 앞에서 아베 이름을 두 번 다시 입에 올리는 것을 볼 수가 없었다.

"야, 석필아, 집에 가서 자라!"

우리들은 맥주 집에 옮겨와 있었고 테이블 위에 놓인 맥주 다섯 병은 겨우 세 개가 비어 있었을 뿐이다. 석필이는 알아들을 수 없는 소리를 흥얼거리며 의자에 목을 꺾어 기댄 채 잠들어 있었다. 나는 내가 하나도 취하지 않았다는 걸 알고 놀랐다.

"인마, 네 배 속에 기름이 져서 그런 거다. 나쁜 새끼 같으니라구."

내가 술에 취하지 않는 이유를 석필이가 그렇게 말했던 것이다.

"이제 고만들 가세요. 술집에 와서 술두 안 먹구 자는 사람이 어딨어요!"

옆에서 술을 따르던 계집애가 가슴이 많이 파인 옷을 흔들어 몸의 땀을 식히며 툴툴거렸다. 아무리 희미한 조명 아래 술 취한 눈으로 보아도 결코 예쁘지 않은 얼굴이었다. 그러나 나는 몹시 목이 말랐다. 계집애 몸 하나는 좋았던 것이다. 불량 만화책 속에 그려진 그대로의 허벅지를 가진 풍만한 여체였다.

나는 문득 시외버스 속에서 한 자리에 앉았던 미스

박이란 여대생이 적어준 전화번호를 생각해 냈다. 수첩 갈피에 그 쪽지가 있었다. 시계를 보았다. 밤 11시 5분이었다. 쪽지 속의 전화번호를 내려다보면서 나는 생각했다. 시간은 내일도 있다. 그리고 다음 주도 또 그 다음 주도……. 그러나 나는 고개를 가로저으며 그 종이쪽지를 반으로 접었다. 그리고 한 번 두 번 세 번……. 나는 손끝에서 발기발기 찢긴 그 종이 부스러기를 내 눈 앞, 풍만한 젖가슴을 가진 그 계집애 얼굴에다 뿌렸다.

"여자야, 너 아베가 어디 있는지 아니?"

"이 손님 참 이상하셔……."

계집애가 자기 얼굴에 붙은 종이 부스러기를 떨어내며 다시 말했다.

"아베가 누군데 저한테 그런 걸 물으시는 거예요?"

"대답만 해! 아베가 어디 있냐?"

"글쎄 그걸 제가 어떻게 알아요."

"그래서 너한테 묻고 있는 거다. 우리 어머니가 그걸 나한테 알려주지 않았다."

어머니는 그 수기를 다 끝맺지 못하고 있었다. 어찌 더 쓸 수 있었으랴.

……하느님 아버지, 원하고 원하옵건대 제발 이 죄인에게 힘을 주옵…….

"말해 봐, 우리 어머니가 아베를 어떻게 했지?"

"손님, 도대체 아베가 뭔데 그러세요?"

"아베……, 아벤 사람이다. 우리 형이다."

"그런데 뭘 그러세요. 사람이면 집에 있겠지요, 뭐."

"집?"

"그래요. 아버지, 어머니, 할머니가 있는 집 말예요. 나두 우리 할머니가 있는 시골집에 가구 싶어 죽겠어요."

"할머니가 있는 집?"

"그렇다니까요. 돈만 벌면 나두……."

"알았어! 네가 그랬지? 할머니가 있는 집이라구?"

나는 떨 듯이 기뻤다. 테이블 위의 술병 하나를 병째 들어 올려 벌컥벌컥 마시기 시작했다.

"여자야, 너 오늘 밤 나하고 자자!"

"손님, 여기는 술집이에요!"

나는 뒷주머니에서 돈지갑을 꺼내 펴 들었다.

"난 급해! 너 분명히 말해라. 몸은 안 팔겠다는 거냐?"

계집이 내 얼굴을 한참이나 쳐다봤다. 그리고 고개를

떨구며 작은 목소리로 말했다.

"요즘은 불경기예요. 더구나 여긴 가난한 동네기 때문에 팁도 못 받아요."

"그래서?"

"나 여기에 12시까지 있어야 해요. 자기, 어디 있을 거예요?"

계집이 고개도 들지 않은 채 눈만 살짝 치떠 쳐다보았다.

"너, 저 윗동네 극장 바로 옆에 있는 여관 알아?"

"한강 여관 말이지요?"

나는 그 계집에게 계산서를 가져오게 한 다음 술값과 몸을 사는 데 들 만한 돈을 고액권으로 두 장 내놓았다. 계집의 눈이 휘둥그레졌다. 술값을 세하고 제 몸값을 젖가슴 속에 집어넣는 그네의 그 얼굴에 가느다란 경련이 스쳐가는 것을 나는 보았다. 윤정아, 핏기 없는 네 얼굴에 빛깔을 주기 위해 나는 어른이 되고 싶은 거다. 윤정아. 나는 입속으로 난생처음 이 씨 딸의 이름을 불러보았다.

"오우, 원더풀!"

토미가 연해 감탄을 쏟아놓았다. 지난주 내 장난으로 해서 내렸던 그 시골의 풍경도 좋았지만 오늘 나와 함께 걷고 있는 이 물가 풍경은 자기가 이때까지 본 경치 중에서 단연 으뜸이란 것이다. 춘천에서 버스를 타고 다시 삼십 분을 달려와 내린 다음 엄청난 규모의 댐 둑을 건너 호수를 끼고 펼쳐진 산비탈 그 뒷산이 호수 속에 푸른 그림자를 선연하게 던지고 있었다. 길 아래 물가 드문드문 목 좋은 곳을 골라 앉은 낚시꾼들의 그 침묵이 또한 그대로 그림이었다.

우리는 자동차 하나가 겨우 다닐 수 있는 그런 산 비탈길을 터벅터벅 걷고 있었다. 새벽까지 내린 비에 우거진 녹음이 한결 싱싱해 보였고 흙길은 먼지 하나 일지 않았다. 우리들 앞에서 경운기 한 대가 탈탈거리며 다가오고 있었다. 그 경운기 소리에 한여름 대낮의 침묵이 괜찮게 깨져 낚시꾼들이 새삼 낚싯대 미끼를 갈아 끼우느라 조금씩 움직임을 보였다. 우리들 앞에 달려온 그 경운기 위에는 웃통을 벗어버린 젊은 사람이 앉아 있었다.

"샘골이 아직도 멀었습니까?"

그 젊은이가 경운기를 가볍게 세우면서 토미와 나를

얼마간 경계하는 눈빛으로 훑어보았다.

"우린 샘골까지 갑니다. 아직 멀었습니까?"

그러자 그 젊은이가 문득 자기가 돌아온 호수 그 위쪽 한군데에 눈길을 주었다간 되돌리며, "샘골은 지금 없어졌어유. 이 댐이 생기기 전까지 저 꼭대기 밤나무 많은 그 안쪽 골짜기가 샘골이었지유. 지금은 수몰이 돼 없어졌지만 그전엔 아주 큰 마을이 저 물속에 있었다니까유. 하긴 지금두 산비탈에 몇 집이 남아 있긴 하지만유."

"집이 남아 있긴 하군요?"

"그렇지만 아무도 거길 샘골이라곤 하지 않아유."

"혹시 거기 살던 최창배 씨라고 기억나세요?"

그는 생각해 보는 눈치더니, "그런 사람 모르겠는데유."

그러면서 다시 한 번 토미와 나를 번갈아 훑어본 다음 경운기에 발동을 걸었다.

"저쪽 산모퉁이를 돌아가면 그 샘골로 들어가는 초입에 가겟집이 하나 있어유. 거기 가서 물어보시우."

나보다 네댓 살 위로 보이는 그 청년은 경운기를 몰고 떠났다.

"지노 킴, 네가 찾고 있는 사람이 거기 살고 있다는 건가?"

토미가 물었다. 나는 토미를 쳐다보았다. 껑충하게 큰 키에 팔뚝에는 누런 털이 징그럽게 덮여 있었다. 그 순간 나는 노린내 같은 걸 맡았다. 그들 속에 묻혀 살면서도 한 번도 맡아보지 못한 냄새였다. 나는 걸으면서 물었다.

"토미, 너 한국의 6·25전쟁을 아니?"

"안다, 잘 안다."

물론 우리는 신병 훈련소에서 정훈교육 시간에 한국 역사에 대해서, 우리들 임무와 관련된 6·25에 대해서 배웠다.

"토미, 말해 봐라. 뭘 아는가?"

"형제가 싸웠다."

토미가 대답했다. 그는 자기가 유머를 쓰고 있다고 생각하는 양 싱글싱글 웃고 있었다.

"그래서?"

"우리 미국이 너희 한국 사람을 도와서 이기게 한 전쟁이다."

그는 자랑스럽게 말했다.

"인마, 미국이 아니라 국제연합군이다."

내가 한국어로 씹어뱉었다.

"홧?"

"네 말이 옳다는 뜻이다. 토미, 그때 이겼다면 너는 왜 지금 여기 와 있는가?"

"한국은 아직 전쟁 중이다. 한국의 형제들이 원하지 않아도 치러야 하는 그런 전쟁이다. 그래서 우리가 도우러 왔다."

"왜, 무엇 때문에 돕는 거냐?"

"친구니까."

"인마, 그렇다면 붕우유신이란 말씀부터 명심해라!"

내가 다시 한국어로 씨부렁거렸다.

"홧 휫스 민?"

그러나 나는 대답하지 않아도 좋았다. 우리들은 이미 아까 그 청년이 일러준 골짜기 입구 길옆에 위치한 구멍가게에 이르러 있었던 것이다.

가게 진열대 한구석 마루에서 젊은 아낙네 하나가 갓난아기한테 젖을 물리고 있다가 황황히 몸을 돌려 앉으며 옷매무새를 바로 잡고 있었다. 젖을 빨던 어린애가 입언저리를 젖으로 흥건히 적신 채 가게 앞에 선 우리

두 사람을 말똥말똥 쳐다보았다.

그때 우리는 뒤에 어떤 인기척을 느꼈다. 가게 앞에 평상이 두 개 놓여 있고 그 한쪽에 노파 하나가 모로 누워 있다가 몸을 일으켰다. 토미와 나는 그 평상 한쪽에 궁둥이를 붙이고 앉아 땀을 닦았다. 이제까지 우리가 끼고 올라온 호수의 원줄기와는 달리 가게 앞쪽으로 또 다른 호수가 넓게 펼쳐지고 있었다. 청년이 말한 옛날 샘골이 바로 여긴 모양이었다.

내가 주문한 대로 아낙네는 사이다 두 병과 맥주 두 병, 그리고 과자 한 봉지를 평상 있는 데까지 날라왔다. 사이다와 맥주는 집 안마당으로 들어가더니 물에 젖은 걸 들고 나왔다. 그런대로 병이 찼다. 우물물에 담갔던 모양이다.

가게 마루에 혼자 남은 갓난애를 향해 걸어가는 그 노파를 내가 붙들었다. 칠십쯤 되는 아주 작은 체구의 노파는 토미를 자꾸 흘금거리며 평상에 엉거주춤 앉았다. 나는 노파에게 사이다를 따라 건넸다. 그리고 가게 안 마루에서 이쪽을 겁먹은 눈으로 보고 있는 갓난아이에게 과자를 쥐여 주고 왔다. 나는 노파가 경계심을 풀게 하기 위해 이것저것 시골 일에 대해 묻고, 마루에 있는 갓난애에 대해서도 물었다. 갓난애는 노파의 넷째 아들네 아이였다. 아들 넷, 딸 둘의 몸에서 열여덟 명의 손자 손녀를 둔 체구가 작은 그 노파는 올해 여든둘의 나이답지 않게 정정해 보였다. 귀도 전혀 어둡지 않았다.

"할머니, 여기 샘골에 오래 사셨어요?"

"아무, 오래 살다마다! 열여섯에 조 너머 창말에서 일루 시집을 와가지고설랑 7년 전에 여기 물이 들어차서 다들 대처루 떠났어. 허지만 난 아즉두 여기 살구 있으니께 육십여섯 핼 예서만 살았어야."

노파는 점방에 앉아 사람을 많이 겪은 탓인지 비교적 쉽게 얘기가 됐다.

"할머니, 그럼 최창배란 사람 아시겠네요."

노파는 삼시 옛날 마을이 있었던 호수 한가운데로 눈을 돌리고 생각하는 눈치더니, "그런 사람은 모르겠구먼, 샘골에 최 씨라면 최 멘장 최두세이밖에 없었는데……."

"맞아요, 할머니 그 최 뭐라는 부면장하시던 분의 아들이 바로 최창배 씨 아녜요?"

"그럴지도 모르지. 그 최 멘장한테 아들이 하나 있긴 했지만……."

"그 최 면장 아들이 어떻게 됐어요?"

"내가 아나. 죽었는지 살았는지. 6·25 난리 때 인민군에 끌려가선 입때까지 소식이 읎으니까."

"그러면 그 집 할머니가 여기 샘골에서 사셨을 텐데요?"

노파는 새삼 내 얼굴을 휘휘 뜯어보고 나서 말했다.

"최 멘장 마누라 말인가?"

"네, 그래요, 할머니!"

"거 왜, 새삼스레 죽은 사람을 찾누?"

"죽었어요, 그 할머니가?"

나는 퉁기듯 평상에서 일어났다가 도로 주저앉았다. 토미는 가게 마루에 걸터앉아 갓난애를 데리고 놀고 있었다. 그의 요란스러운 남방셔츠 깃을 다잡아 쥔 채 그 갓난애가 키들키들 웃고 있었다.

"죽었어. 그놈의 친구 맨날 나보다 10년은 더 산다구 자랑해 쌌더니만 4년 전에 저 세상에 갔수!"

"4년 전이요?"

"거 왜, 남쪽과 북쪽이 왔다 갔다 한다구 한참 떠들썩하던 해 말이여. 그때 그 늙은이, 아들 만나게 됐다구 덩실덩실 춤을 추더니만……."

해가 쨍쨍한 여름 대낮인데 노파는 눈물을 질금거렸다.

"젊은인 신문도 못 봤어? 우리 애들이 그러는데 그 늙은이 죽은 거 강원도 신문에 크게 났다던데……."

"어떻게 돌아가셨는데요?"

"그놈의 돈이 웬수지."

"돈이요?"

"아들 돌아오구 손자 찾으면 준다구 꽁꽁 뭉쳐뒀던 돈 말이지. 최 멘장네 땅이 샘골서 제일 많았지. 댐이 생겨 물에 잠기는 보상으루다 타낸 돈 말이여. 돈이 적기나 한가, 남들이 위험하다고 춘천은행에 맽기라구 그렇게들 얘기했건만…… 난리가 나면 은행두 못 믿는다구 집 안에 감춰 가지고 있더니만 결국 당한 거지 뭐여."

"범인은 잡혔나요?"

"웬걸, 창말 살던 건달패 녀석인데 돈을 싹 쓸어가지고 도망을 쳤대. 얘기들이 없는 걸 보니까 안즉 못 잡은 게 분명해."

"그 할머니 어디에 사셨는데요?"

"먼저 그 큰 집이야 저 물속에 잠겼구……, 저기 보이는 저쪽 저 낡은 집이우. 게다가 집을 짓고 혼자 살았지. 대처루 나가면 아들과 손자가 돌아와두 못 찾을 게라구 하면서…….”

나는 노파가 가리켜 보이는 골짜기 안쪽 노송이 두어 그루 물 쪽으로 가지를 펼치고 있는 언덕 위의 그 오똑한 집 한 채를 바라보았다.

“저기 지금 누가 사나요?”

“누가 그 흉한 델 들어가 살겠수. 빈집으루 저렇게 썩어가는 거지. 가끔 낚시꾼들이 비를 피해 들더구만.”

나는 어깨에 힘이 쭈욱 빠져나가는 느낌이었다.

“그 할머니 산소가 어딥니까?”

“그 친구 저 죽으면 즈 영감태기 옆에 묻어달라구 해서 그 옆에다가 아무렇게나 파묻었지. 합장해줄래야 돈이 있어야지. 땡전 한 푼 안 남기고 다 털렸으니 어째. 마을 사람들이 추렴을 해서 장살 지냈어야.”

“거기가 어딘데요?”

“왜, 찾아가 볼라우?”

노파가 다시 내 아래위를 훑다가 말했다.

“그 늙은이와 뭔 관곈진 몰라두 여튼 고맙수.”

노파는 그 두 그루 노송 있는 언덕 뒤편 골짜기를 가리키며 무덤 위치를 자세히 일러주었다. 그리고 혼잣소릴 했다.

“그래두 그 할망구 무덤을 찾는 사람이 또 있군!”

“할머니, 누가 또 찾아왔었어요?”

“왔었지. 시어머이 죽은 지 반년 만인가 그 최 씨 집 메누리가 그때 데리구 나간 병신 자식과 같이 왔더구만. 할망구가 그렇게 애면글면 찾아나서던 손잔데, 그땐 이미 죽어 땅에 묻혔으니 하나뿐인 핏줄이 찾아왔는데두 볼 수가 있어야지. 오려면 진작 올 게지. 매정한 것들!”

“그 할머니가 손자를 찾았다고요?”

“찾다마다! 한 해에 한 번씩은 대처를 휘휘 나댕기다가 실심한 얼굴루 돌아와선 늘어진 걸 내 눈으루 직접 보구 살았구먼.”

“왜 찾았어요?”

“이런 사람! 아, 제 핏줄을 찾는 게 인지상성 아닌가. 그 늙은이 생각 한번 잘못해 가지고 죽을 때까지 가슴 치며 살았어야. 그래두 제깐엔 젊은것 잡아둘 수 없다구 맘 크게 먹고 일부러 구실 붙여 내쫓긴 했지만 손자까지 왜 줬는지 모르겠다고 땅을 치며 후회했어야.”

“할머니, 그때 찾아왔던 그 여자하고 병신 아들은 어떻게 됐지요?”

“어떻게 되긴. 지 얘기룬 시어머이가 내쫓은 뒤 재가

해서 자식 여럿 두고 잘 산다고 하면서, 시어머이 죽은 걸 꽤나 애통해하더구만. 제엔장 할 것, 그렇게 애통하면 죽기 전에 찾아뵐 거지. 못써! 젊은것들은 우리 같은 늙은이 속 너무 모른다 그거여!"

"저기 저 집에 갔었나요? 그 며느리하고 손자……."

"갑디다. 몸을 잘 가누지두 못하는 병신 자식을 껴안구 산솔 찾아갑디다. 핏줄이 뭔지……."

"그리고 돌아갔나요?"

"아, 돌아가지 않으면, 아무도 없는 게서 뭘 하겠어."

"할머니가 직접 보셨어요? 그 사람들이 저기서 돌아오는 거 말입니다."

노파는 무슨 소리냐는 듯이 다시 한 번 내 얼굴을 쳐다보고 나서, "봤수다. 올라간 뒤 몇 시간이 돼두 안 내려오길래 참 이상타 했더니 날이 꽤 어두워서야 내려옵디다."

"그 병신 남자두요?"

"그랬을 거여. 우리 가게서 빵이랑 사이다랑 잔뜩 사멕여가지고 저쪽 길루 내려갔으니께."

노파는 좀 전 토미와 내가 걸어온 산 비탈길을 턱으로 가리켜 보였다.

"잘 걷지도 못하는 병신 자식하고 그 컴컴한 절벽 길을 우트게 갔는지…… 서울 산다구 하더구만."

나는 평상에서 일어섰다. 그리고 젊은 여자한테 물건값을 치렀다.

아울러 4홉들이 소주 한 병과 곰팡이 낀 마른 북어 두 마리를 사서 누런 봉투에 넣었다.

"헤이, 토미!"

토미는 그 가겟집 갓난애를 안고 물가 고추밭에서 잠자리를 잡기 위해 우스꽝스럽게 몸을 웅크리고 있었다. 누런 털이 숭숭한 그 팔에 안긴 갓난애가 키들거리고 있었다.

나는 토미를 그네들의 무덤까지 데리고 갈 참이었다. 그리고 내 친구 토미에게 소주를 먹일 생각이었다. 한국을 알고 싶어 하는 미국 사람은 소주부터 시작할 일이다. 또한 황량한 들판에 던져진 그 시든 나무들의 꿋꿋한 뿌리가 돼줄는지도 모를 우리의 형 아베의 행방을 찾는 일도 우선 그 무덤에서부터 시작할 생각이었다.

『아베의 가족』, 문이당, 2006

해설

Afterword

우리는 모두 아베의 가족이다

이성혁 (문학평론가)

1950년에 일어난 한국전쟁(6·25)은 한국인에게 깊은 상처를 남겼다. 일제의 식민통치가 끝난 후 한국인들은 '해방공간'에서 자유롭고 정의로운 민족국가 건설을 꿈꿨다. 하지만 이러한 꿈은 얼마 가지 않아 산산이 부서졌다. 자력으로 이끌어내지 못한 해방은 해방이 아니었다. 한국의 운명은 또 다른 외세에 의해 결정되어야 했던 것이다. 그 운명은 분단으로 나타났다. 남북한에 상반된 체제가 이식되고 세계가 냉전체제에 돌입하면서 통일은 점차 요원해져만 갔다. 남북체제의 이데올로기적 충돌은 격심해졌으며 결국 민족상잔의 비극을 불러일으킬 전쟁이 일어나게 되었다.

We Are All Ahbe's Family

Lee Seong-hyuk (literary critic)

The Korean War, which erupted on June 25, 1950, left a deep scar in the collective mindset of the Korean people. Following their liberation from Japanese colonial rule, they dreamed of building a free and just nation-state, a dream that was soon shattered. Their independence was not of their own making, which meant that they were not truly liberated yet. The fate of Korea was decided by foreigners, and the peninsula was soon divided. Completely different political systems were established in the two Koreas as the Cold War took shape around the world, and unification seemed a distant dream. The ideological confrontation of the

전쟁은 순식간에 한반도를 살육의 장으로 변화시켰다. 많은 사람들이 죽임을 당해야 했으며, 삶과 죽음 사이의 경계선에서 아슬아슬하게 생존한 이들은 어떤 깊은 상처를 안고 살아가야만 했다. 한국문학은 이러한 분단과 전쟁의 상처를 조명하고 그 치유의 길을 모색해왔다. 특히 어린 시절 전쟁을 겪었던 작가들이 성인이 된 1960~1970년대에, '분단문학'이라는 장르가 설정될 정도로 분단의 고통과 전쟁의 참혹성을 드러내고 깊이 사유하는 작품들이 다수 발표되었다.

전상국의 중편소설 「아베의 가족」(1979)은 한국전쟁이 살아남은 자에게 어떠한 상처를 남겼는지 잘 보여주는 작품이다. 이 작품은 분단과 전쟁을 줄곧 조명해온 전상국의 대표작이면서 한국 '분단문학'의 걸작 중 하나이다. 소설은 세 개의 장으로 구성되어 있다. '나—김진호'를 화자로 하여 전개되는 1장에서는, 진호의 가족이 미국으로 이민가게 된 경위와 그들의 미국생활이 서술된다. 또한 그가 4년 만에 미군이 되어 한국 땅을 다시 찾게 된 연유가 진술되면서, 진호의 동복형제 아베의 면모가 자연스럽게 소개되고 있다.

미군병사와 결혼했던 고모 덕분에 진호의 가족은 미

two Koreas became increasingly strident, until the Korean War finally began, a tragedy that saw the Korean people fighting and killing each other in huge numbers.

The war instantly transformed the peninsula into a theater of bloodshed. Many people were killed, and those who survived lived precariously with a sword above their heads and deep wounds in their hearts. Korean literature has shed a light on the wounds of the peninsula's division and the Korean War while, at the same time, it has sought out ways of redressing them. Particularly in the 1960s and 1970s, when those who had experienced the Korean War came of age, many works began to appear that delved into and exposed the anguish of the peninsula's division and the brutality of the war, creating the so-called "division literature" genre of literature.

Jeon Sang-guk's novella, *Ahbe's Family,* published in 1979, illustrates the scars left by the Korean War on those who survived it. A masterpiece of Korean division literature, it is a representative work of Jeon, a prolific contributor to literature on the peninsula's division and the Korean War. *Ahbe's Family* consists of three chapters. In the first, protagonist

국으로 이민을 가게 된다. 진호의 아버지와 동생들은 미국사회에 적응하기 위해 노력하지만 진호는 뿌리 없는 미국생활에 회의감을 가지게 된다. 게다가 한국에서 강한 생활력을 발휘했던 어머니는 깊은 우울증에 빠져 무기력한 사람이 되어버린다. 그것은 한국에 남겨두고 온 아베 때문이었는데, 동물 수준의 백치인 아베는 진호와 그의 형제들에겐 증오의 대상이었다. 그들은 자기 가족의 가난한 삶이 모두 아베 탓이라고 생각해왔다. 그래서 아베를 버리고 미국에 온 진호와 그의 동생들은 마치 없었던 사람인 양 아베의 이름을 거의 입에 올리지 않는다.

그러나 우연히 어머니가 쓴 수기를 읽은 진호는 한국전쟁으로 인한 어머니의 기구한 삶과 아베가 어떻게 태어났는지를 알게 되고, 아베를 찾으러 한국에 오기로 마음먹게 된다. 2장은 바로 어머니가 쓴 수기를 옮긴 것이다. 사립 초등학교에서 아이들을 가르치던 어머니는 전쟁이 일어나기 두 달 전에 서울에서 하숙하는 대학생과 결혼한다. 결혼 후 1년 동안만 시집살이를 하기로 하고, 어머니는 남편의 고향이자 시아버지가 부면장으로 있는 춘천 근방의 아름다운 부촌 샘골 마을에서 지내게

Jin-ho tells the story of his family's life in America and why and how they immigrated there, also explaining his return to Korea as an American soldier four years later. Throughout the telling of this initial stage of the story, Jin-ho also introduces his half-brother Ahbe to the reader.

Because of Jin-ho's aunt's marriage to an American soldier, Jin-ho's family is also able to immigrate to the United States. Jin-ho as well as his father and siblings try to adapt to American society, but Jin-ho begins to have doubts about the possibility of them really taking root in America. Compounding his anxieties, Jin-ho's mother, who has worked tirelessly to see them through hardships in Korea, has become despondent and listless. It is later revealed that she had left Ahbe behind in Korea. Ahbe, whose IQ puts him significantly below average, was detested by Jin-ho and his siblings and received the brunt of their blame for their poverty. Since arriving in America after deserting him, they avoid even mentioning his name, ostensibly acting as if he had ceased to exist.

After Jin-ho chances upon his mother's diary, however, he discovers the wretched life his mother led because of the Korean War and the circum-

된다. 잉태를 하게 된 어머니는 시부모의 극진한 보살핌을 받는다.

하지만 전쟁이 터지면서 모든 비극은 일어나기 시작했다. 전쟁이 터진 후 얼마 안 있다가 마을은 인민군에 의해 접수된다. 그러나 전세가 역전되어 인민군이 후퇴하면서 남편은 인민군으로 끌려가게 되고, 시아버지는 인민군에 의해 살해되고 만다. 게다가 마을에 진주한 미군에 의해 어머니가 강간당하는 일이 벌어진다. 미군의 폭행으로 인해 어머니는 8개월 만에 아이를 낳는다. 그러나 그 아이는 비정상이어서, 4살이 되어야 온몸을 비틀면서 겨우 걷기 시작했고 할 수 있는 말이라곤 "아……아……아베"라는 소리였다. 그래서 그 아이의 이름이 '아베'라고 붙여진 것이나. 어머니는 미군의 폭행을 떠올리게 하는 이러한 아베에게 살의를 느끼기까지 한다.

전쟁이 끝났지만 남편 소식은 없는 상황에서, 어머니는 아베를 키우며 살아나간다. 그런데 어느 날 어떤 남자가 대문 앞에서 놀던 아베를 안고 어머니의 집으로 들어오는 것을 계기로, 그 남자는 어머니의 집에서 몇 달 머물게 된다. 그 남자는 다른 이들이 사람 취급도 하

stances of Ahbe's birth. This spurs him on to return to Korea to look for Ahbe.

The second chapter presents the diary of Jin-ho's mother. She'd taught at a private elementary school before marrying a college student, a boarder at her aunt's just two months before the war broke out. After her marriage, she has to spend a year with her in-laws in her husband's hometown Saem, a lovely and idyllic village near Chuncheon. Her father-in-law was once the *myeon* vice chief and they care for her assiduously, especially after they found out that she is pregnant.

But everything changes with the outbreak of war. Not before long the People's Army takes residence in the village. As the tides of the war turn, however, her husband is drafted into the retreating People's Army and her father-in-law is killed by North Korean soldiers. Far worse still, Jin-ho's mother is raped by American soldiers stationed in the village soon after the preceding tragedies. The sexual assault causes her to give birth prematurely, eight months into pregnancy. The child is born deformed, and even at four years old, barely manages to walk in even a twisted limp. All he is able to say is "Ah...ah...ah...be." Thus, he is named Ahbe.

지 않는 아베를 무척 사랑해주었고 어머니는 그 남자로부터 마음의 위안을 얻는다. 그러나 시어머니는 어머니와 그 남자와의 관계를 의심하고는 아베와 두 사람을 집에서 내쫓아버렸다. 그래서 어머니는 진호의 아버지가 될 그 남자와 같이 살게 된 것이다.

아버지는 아베를 친자식처럼 사랑해준 것에는 깊은 사정이 있었다. 아버지가 군인이었을 때, 군대에서 이탈하여 민가에 들어가 그 집의 사람들을 죽이게 된 일이 있었다. 이때 그의 행위를 멍하니 보고 있었던 바보 같은 아이가 있었는데, 아베는 아버지에게 그 아이를 상기시켰던 것이다. 아버지의 아베에 대한 사랑은 자신이 죽인 사람들에 대한 속죄였고 또한 속죄를 통한 구원에의 희망이있던 것이다. 그 사랑은 친자식들이 생겼음에도 사라지지 않았다. 하지만 고모가 제의한 미국 이민은 아버지에게 새로운 삶을 약속하는 듯했기에, 그는 미국 입국 허가가 떨어지지 않은 아베를 버리고 이민 가는 것에 암묵적으로 동의한다.

어머니의 수기가 담긴 2장은 아베를 버려야 하는 상황에 놓인 어머니의 고뇌 부분에서 끝난다. 3장의 화자는 다시 진호로 돌아온다. 수기를 다시 읽은 진호는, 미

Moreover, Jin-ho's mother sometimes feels an overwhelming lust for vengeance because the child reminds her of her brutal rape at the hands of the American soldiers.

The war ends and she continues to raise Ahbe, but no news of her husband arrives. One day, though, a man walks into the house with Ahbe in his arms. The man ends up staying with them for a couple of months. He seems to adore Ahbe, whom other people regard as little more than an animal, and so she comes to see him as a godsend. But the stranger's affection does have its consequences, with her mother-in-law suspecting an affair between the two of them and shortly after kicking all of them—including Ahbe—from out her house. This is how she came to live with the man who would become Jin-ho's father.

Later, Jin-ho's future father confides why he loved Ahbe like his own child. When he first deserted the army, he'd barged into a home in the mountains and killed the entire family, except a single mentally handicapped child who watched him blankly throughout the entire vicious ordeal. It is this child who Ahbe reminds him of. His doting on Ahbe is, therefore, an act of atonement for the

국으로 떠나기 전날 아베와 함께 사라진 어머니가 다음 날 떠나기 직전에야 홀로 돌아왔던 사실을 기억하고는, 아베를 찾아야겠다는 생각으로 아베가 태어난 샘골을 찾는다. 그러나 그곳은 이미 댐 공사로 수몰되어 있었는데, 우연히 그 근처 구멍가게 할머니로부터, 아베의 할머니가 어머니를 내쫓은 것은 젊은 며느리의 앞날을 위해서였으며 4년 전쯤 강도를 당해 돌아가셨다는 사실을 듣게 된다. 또한 그 후 어머니가 아베를 데리고 아베의 할머니 무덤에 다녀갔다는 사실도 알게 된다. 소설은 진호가 아베 할머니의 무덤 앞에서 "시든 나무들의 꿋꿋한 뿌리가 돼줄는지도 모를 우리의 형 아베의 행방을 찾는 일도 우선 그 무덤에서부터 시작할 생각이었다"고 생각하는 장면으로 끝을 맺는다. 이제 진호에게 증오의 대상이었던 아베는 '우리'의 뿌리이며 형인 존재로 변모한 것이다.

아베는 분단과 전쟁으로 인해 생긴 한국 역사와 민초의 상처를 상징한다. 분단과 전쟁을 통해 '우리' 한국인은 말할 수 없는 비밀—아베의 어머니처럼 강간당한 피해자인 동시에 진호의 아버지처럼 살인을 행한 가해자이기도 하다는—을 갖게 되었다. '우리'가 아베를 무시

murder he committed, as well as an act of penance in his longing for absolution. It was real enough that his love for Ahbe remains unaltered even after having his own children. What eventually proves irresistible, though, is the promise of a better life presented by his sister, who offers to sponsor him and his family—but only on the premise that he must tacitly agree to leave the U. S. visa-unqualified Ahbe behind. The second chapter closes with Jin-ho's mother in anguish because she has no choice but to abandon Ahbe.

In the third chapter, Jin-ho again picks up the narrative. After re-reading her diary, he recalls how his mother had returned home alone after having gone out with Ahbe the day before they were to leave for America. He decides to visit Saem Village where Ahbe was born, hoping to find him but only finding the village is now underwater after the construction of a dam in the area. An old woman at the store near where the village once stood tells him that Ahbe and his mother's eviction by Ahbe's grandmother had merely been staged in order to grant her young daughter-in-law her freedom, and that Ahbe's grandmother had been murdered four years ago by a robber. He also learns that his

함으로써 그 비밀을 애써 외면할수록, 이미 '우리'의 삶 깊숙한 곳에 자리잡고 곪아가는 그 숨겨진 상처로 인해 삶은 시들어갈 뿐이다. '우리'가 '아베의 가족'임을 인정하고 감추어진 역사의 비밀과 그 고통스러운 상처를 대면할 때 역사의 아픈 진실—아베—은 시든 삶을 되살리는 "꿋꿋한 뿌리가 돼줄" 것임을, 작가는 무덤 앞에 서서 다짐하는 진호를 통해 보여주고 있다.

mother and Ahbe had indeed visited his grandmother's grave together. The novella ends with Jin-ho making up his mind to "make the grave the starting point of my search for my older brother, Ahbe, which may well lead me to fertile ground where the withered trees can sink their roots." From being the object of his hatred, Jin-ho finally recognizes Ahbe as his brother and an important part of "our" search for roots.

Ahbe symbolizes the deformation of Korean history and the Korean people in the wake of the peninsula's division and the Korean War. The division and the war burdened them, the Korean people, with an unspeakable truth: "we" are both victims, like Ahbe's brutalized mother, and aggressors, like Jin-ho's murdering father. The more we ignore Ahbe and flinch from the truth, the more we wither from it because of the festering wounds these leave deep in our lives. Through Jin-ho's determination the author shows that only when we admit that we are Ahbe's family and confront the harsh realities of our history will this painful truth—Ahbe—lead us to "fertile ground where the withered trees can sink their roots."

비평의 목소리

Critical Acclaim

작품「아베의 가족」은 이 작가에 있어서는 물론, 엄숙주의 계보에 있어서도 한 단계 성장을 보여준 것으로 평가함에 인색할 이유가 우리에겐 없다. 한마디로, 가장 극복하기 어려운 제재 및 수제의 폭과 넓이의 심화·확대를 이룩한 것이다. 내레이터인 '나'의 동복형제 아베는 6·25 때 미군에 강간당한 '나'의 어머니의 아들이었고, '나'의 가족이 몽땅 미국으로 이민 가서 세계 일등 국가의 시민이 되었어도, 여전히 '나'와 '나'의 가족은 아베를 떠날 수 없고 끝내 '아베의 가족' 그 이상도 그 이하도 아닌 것이다. 이 기본항으로부터 작가 전상국의 제한된 제재 및 주제의 심화와 확대는 늘 상보적인 관계

There is no reason to be sparing in our praise of *Ahbe's Family*; it represents a coup not only for the author, but for the body of serious Korean literature. In summary, it succeeds in broadening and deepening the discourse on subjects and themes that are difficult to address. The narrator's half brother Ahbe is the firstborn of his mother, who was raped by American soldiers during the Korean War. The family immigrates to America and become citizens of the world's superpower but Ahbe continues to haunt them. In the end, they cannot change the fact that they are Ahbe's family. From this simple premise, the author deepens and ex-

에 있음을 우리는 이제 알아차릴 수 있다. 심화와 확대의 관계란 일정한 수준에 달하면 내용이 형식으로, 형식이 또한 내용으로 전화되는 변증법과 같은 관계임을 작품「아베의 가족」이 마침내 증거하고 있는 것이다.

김윤식

전쟁이 끝나고 난 파괴와 상처의 폐허에 서서 시인이 그냥 연민과 경고만으로 작품을 쓸 수는 없다. 그는 이제 다른 말, 다른 말투로 노래하고 작품을 써야 한다. 그것은 물론 단순한 푸념이나 넋두리일 수가 없고, 회한과 저주로 끝날 수가 없다. 그보다 다른 게 있어야 한다. 그 뭔가 다른 소리를 위해, 그 다른 소리로 전상국은 작품을 쓰기 시작한다. (…) 전쟁이 끝남과 함께 전쟁을 잊어버림으로써 참답게 전쟁이 끝나고 모든 게 해결이 된 듯 사람들은 생각한다. 그것은 환상의 평화이다. 적에게 이기는 것보다 더 중요한, 전쟁 그 자체에 이기는 인간들의 싸움은 전쟁이 끝나면서 시작한다는 것을 '아베의 가족'은 말해주고 있다. 그것은 전쟁 뒤에 작가들이 해야 하는 발언의 전부이다. 전쟁 뒤에 비로소 전쟁 그 자체에 내던지는 선전포고, 결연한 선전포

pands the materials and themes of this narrative. *Ahbe's Family* demonstrates that depth and breadth have a dialectic relationship; content evolves into form, and vice versa, when it reaches a certain level.

Kim Yun-sik

A poet standing on the ruins of destruction and bloodshed in the aftermath of war cannot write simply to commiserate and to caution. He has to write in a different language and in a different way altogether. It should not be an idle grumbling or complaining, nor lamenting or cursing. There should be more than that. Jeon Sang-guk writes for that purpose with a different voice. [...] People think they can put the war behind them, as if it is ever truly over and done with. But peace is a fantasy. 'Ahbe's Family' tells us that the more important battle begins only after the war is over. That is what authors have to tell us. It is a resolute declaration of war against that struggle that begins after the hostilities are over.

Kim Yeol-kyu

고이다.

김열규

아베는 바로 분단체제를 살아가는 우리 모든 가족들의 불구의 뿌리이자 '아비'이며, 분단 이후 삶의 '우리 뿌리 없음'의 상징이다. 우리 아베의 가족들은 이 뒤틀린 뿌리를 스스로 자르고 매장함으로써 보다 나은 내일과 오늘의 안일을 꿈꾸어왔지만, 덧댄 뿌리에 의존한 우리 아베의 가족들의 삶은 '한때 꽃이 필' 수도 있지만 '결국은 머지않아 쓰레기통 속에 집어 던져질' '화병에 꽂힌 꽃망울'과 같이 진정한 뿌리를 내리지 못한 불구의 삶일 뿐이다. (…) 전상국은 분단체제를 살아가는 개인들의 상처를 덧내고, 그 상처를 치유하고픈 욕망을 억압함으로써 끝없이 또 다른 상처를 유발하는 훼손된 현실의 지층을 하나씩 탐색해 들어간다. 귀향의 과정은 하나하나 그 두꺼운 억압의 지층을 뚫어가는 과정이며, 그 과정을 통해 우리는 가장 개인적인 상처를 뒤덮고 있는 현실의 모순과 조우하게 된다.

권명아

Ahbe is the root of deformity for all of us who live on the divided Korean peninsula. It also symbolizes the rootlessness of our life after the division. Ahbe's family believes that they can find a better life by cutting off their twisted roots and burying them, but the new life they find quickly withers without any roots. With nothing to anchor them, they may "bloom for a bit" only to "get dumped in the trashcan after all" like "a bunch of flower buds in a vase." [...] Jeon Sang-guk explores layer upon layer of deformed reality that aggravates the wounds of individuals living in the divided peninsula and represses their desire to heal from their wounds, instead inflicting more wounds endlessly. Returning home is a process of boring through layer after layer of oppression one by one. In the process, we can confront the contradictions of a reality that envelops the most personal wounds.

Kwon Myeong-a

For Jeon Sang-guk, history is not a logical thing determined by cause and effect or a teleological process. His fictional characters are not typical characters of official history. Rather, they act in ac-

전상국에게 있어서 '역사'란 인과율적인, 혹은 합목적적인 과정으로 이해되는 '논리적' 차원의 것이 아니다. 전상국 소설의 인물들은 공식적인 '역사' 속의 전형적 인물로 행동했던 것이 아니며, 또 다른 형태의 '역사적 논리' 속에서 나름의 행동을 조직했던 셈이다. (…) 「아베의 가족」은 얼핏 '아베'의 기괴한 형상을 통하여 한국전쟁 전후 민족이 겪었던 수난사들을 상징적으로 형상화한 작품으로 이해될 수도 있다. 그러나 「아베의 가족」은 다른 한편으로는 '아베들'의 고유한 역사가 합리주의적인 법칙에 의해 지배되는 새로운 사회구조의 수립과 그에 이어지는 새로운 역사의 형성이라는 기제에 의하여 망각될 수 없음을 보여주는 작품이기도 하다. 한국/미국이라는 이원적인 공간구조 속에서 새로운 역사를 통해 '아베의 역사'를 대체하는 것은 불가능하며, 실은 그 두 공간에서의 하위주체의 삶은 연속적인 역사적 과정 속에 놓여 있다는 인식, 따라서 그 대체 불가능한 '아베의 역사'를 다시금 복원해야 한다는 윤리적인 의지는 이 작품이 다루는 또 하나의 소설적 주제이다.

유승환

cordance with a different form of historical logic. [...] On the surface, *Ahbe's Family* can be understood to symbolize the sufferings of the people before and after the Korean War through the grotesque image of Ahbe. But it clearly shows that the unique history of Ahbe cannot be forgotten merely by establishing new social structures determined by rational principles and the ensuing mechanism of a new historical formation. The major theme in *Ahbe's Family* is that it is impossible to replace Ahbe's history with a new one in the binary spatial structure of Korea and America; therefore, what is needed is the ethical will to restore Ahbe's irreplaceable history as well as an awareness that the subaltern life is in the continuum of historical process in such a binary space.

Yu Seung-hwan

전상국

전상국은 1940년 3월 24일 강원도 홍천군 내촌면 물걸리 동창마을에서 태어났다. 조부 전우균 씨는 3·1운동 때 독립선언서를 낭독했다가 만주 등지로 망명생활을 해야 했던 지사였다. 해방 직후인 1946년에는 도회인 홍천읍으로 이사한다. 그러나 열한 살 때인 1950년, 6·25가 발발하자 전상국의 가족은 집과 재산을 모두 잃고 물걸리로 되돌아가야 했다. 이 무렵 소년 전상국이 목격한 전쟁의 참상과 어른들의 살기(殺氣)는 그의 소설에서 중요한 모티프를 이루게 된다. 1·4후퇴로 전상국의 가족은 청주로 피난 갔다가 1952년 다시 귀향한다. 1953년, 가족이 홍천읍으로 다시 이사하지만, 전상국은 혼자 물걸리에 남아 동창국민학교를 졸업한다. 1954년 전상국은 홍천중학교에 입학하고, 소설을 탐독하기 시작한다.

집안이 어려운 관계로 부친은 춘천사범학교로 가라고 권유했지만, 전상국은 아버지의 뜻을 어기고 춘천고등학교에 들어간다. 1학년 때 담임이셨던 시인 이희철

Jeon Sang-guk

Jeon Sang-guk was born in 1940 in the Dongchang village Mulgeol-ri, Naechon-myeon, Hongcheon-gun, Gangwon-do, Korea. His grandfather Jeon Woo-gyun was a freedom fighter who had to live in exile in Manchuria and elsewhere because he read the statement of the March 1st Independence Movement in 1919. His family moved to downtown Hongcheon a year after Korea's liberation from Japan. But the outbreak of the Korean War on June 25 in 1950 when he was eleven years old forced them to return to Mulgeol-ri as they lost their house and all of their property. The realities of war and the climate of constant bloodshed that he himself witnessed as a boy became key motifs in his fictional works. His family fled to Cheongju during the January 4th Retreat and returned home in 1952. They moved to downtown Hongcheon in 1953, but he remained in Mulgeol-ri to graduate from Dongchang Elementary School. In 1954, he entered Hongcheon Middle School and became an avid reader of novels.

선생에 깊은 영향을 받아 비로소 창작을 선망하기 시작하여, 1959년 고등학교 3학년 때 첫 작품 「산에 오른 아이」를 쓴다. 이 작품은 제6회 학원문학상과 《강원일보》 신춘학생문예 가작 1석에 뽑혔다. 1960년 경희대학교 국문과에 무시험으로 입학하고, 1962년 대학에 들어온 후 처음으로 쓴 단편 「동행(同行)」으로 제6회 문화상을 탄다. 이 작품을 개작하여 《조선일보》 신춘문예에 투고하였는데, 당선작으로 뽑혀 본격적으로 등단하게 된다. 하지만 곧 문학의 사회적 효용성에 의심을 품게 되고 10여 년 동안 소설을 쓰지 않는다.

전상국은 1964년 연말에 원주에 있는 고등학교 교사로 채용되면서 장기간 교직에 충실한 생활을 해나가다가, 1972년 은사 조병화 선생에 의해 서울로 호출되어 경희고등학교 국어교사로 부임한다. 서울 생활에 어렵게 적응해 나가면서 그는 다시 창작열에 불타게 되는데, 그 결과 1974년에 「전야」를 《창작과비평》에 발표하면서 작품 활동을 새로이 시작한다. 이후 그의 창작은 왕성하게 전개되고 작품 역시 문단으로부터 높은 평가를 받게 된다. 1977년 「사형(私刑)」으로 제22회 현대문학상을 수상하고 첫 창작집 『바람난 마을』을 발간한다.

Because of domestic financial woes his father asked him to go to Chuncheon Teacher's School. However, Jeon entered Chuncheon High School against his father's will. Influenced by Mr. Lee Hui-cheol, a poet and Jeon's homeroom teacher, Jeon aspired to be a creative writer from freshman year and onwards. In 1959 when he was a high school senior he made his literary debut with "The Boy who Climbed the Mountain," receiving the 6th Hak-won Literary Award and the merit award at the *Gangwon Ilbo* Spring Student Literary contest. In 1960, he was accepted to the department of Kore-an Literature at Kyunghee University without even taking any tests. In 1962, he received the 6th Cul-ture Award for his short story "Traveling Together" and revised the story to win the *Chosun Ilbo* Spring Literary Contest, establishing himself to be a pro-fessional writer. But he immediately began to have doubts about the efficacy of literature and stopped writing for about 10 years.

He started working as a high school teacher in Wonju in late 1964, until he was called back to Seoul by his teacher Cho Byeong-hwa in 1972 to teach at Kyunghee High School. Settling down in the city with difficulty, he began to write avidly. In

1978년에는 동년배의 작가들과 '작단(作壇)' 동인을 결성하고, 1979년에는 3편의 중편과 9편의 단편을 발표하는 저력을 보여주었는데, 그중 「아베의 가족」으로 제6회 한국문학작가상을 수상한다. 또한 이 해에 두 번째 작품집 『하늘 아래 그 자리』를 발간하기도 한다.

1980년은 전상국에게 특별한 해이다. 이 해에 「우상의 눈물」을 발표하여 대한민국문학상과 제14회 동인문학상을 수상하고, 또한 창작집 『아베의 가족』과 단편선집 『우상의 눈물』, 그리고 장편소설 『늪에서는 바람이』를 출간한다. 그러고는 네 번째 작품집 『우리들의 날개』(1981), 장편소설 『불타는 산』(1983)을 연이어 발간한다. 연작장편 『길』을 발간한 1985년에는, 강원대학교 국어국문학과 조교수로 발령이 나면서 서울을 '탈출'할 수 있게 된다. 이후 다섯 번째 작품집 『형벌의 집』(1987)을 발간하고 중편 「투석(投石)」(1988)으로 제4회 윤동주문학상을, 중편 「사이코시대」(1989)로 제1회 김유정문학상과 강원도문화상을 수상한다. 여섯 번째 작품집 『지빠귀 둥지 속의 뻐꾸기』(1989)를 발간한 후, 1990년대에 들어서도 왕성한 작품 활동을 벌여 장편소설 『유정(裕貞)의 사랑』(1993), 콩트집 『우리들의 온달』(1994), 작품집

1974, he had "The Eve" published in *The Quarterly Changbi*. Later on, he wrote a number of works, which received high critical acclaim. In 1977, he received the 22nd *Hyundaemunhak* Award for "Death Penalty" and had his first story collection *The Restless Village* published. He formed a literary group along with his writing peers in 1978 and wrote three novellas and nine shorts stories in 1979 before he received the 6th Korean Literature Writers Award for *Ahbe's Family*. In the same year, he had his second short story collection *That Place Beneath Heaven* published.

The year 1980 was special one for Jeon. He received the Korean Literature Award and the 14th Dongin Literary Award for "Tears of an Idol." In the same year, his publications included *Ahbe's Family*, *Selected Short Stories*, *Tears of an Idol* and *Wind in Marsh*. In 1981, he had his fourth short story collection *Our Wings* published, followed by his novel *Mountain Ablaze* in 1983. Jeon's serial novel *The Road* was published in 1985 when he moved out of Seoul to become a professor of Korean literature at Kangwon National University. His fifth story collection *The House of Punishment* was published in 1987, and he received the 4th Yoon Dong-ju Literature Award for

『사이코』(1996) 등을 발간한다. 또한 김유정에 대한 연구서인 『김유정』(1995)을 발간하기도 한다.

1990년대 후반에 창작을 쉬었던 전상국은 2000년대에 들어서자 「실종」(2000)으로 후광문학상을, 「플라나리아」(2003)로 이상문학상 특별상과 제9회 현대불교문학상을 수상하는 저력을 보여준다. 이 작품들은 9년 만에 발간된 작품집 『온 생애의 한순간』(2005)에 수록된다. 2005년은 강원대학교에서 퇴임한 해이기도 하다. 퇴임 이후에도 작품 활동을 멈추지 않아 2011년에는 열 번째 중단편집인 『남이섬』을 발간한다. 한편, '김유정에 미친 사람'이라고 자칭했던 전상국은 춘천에 '김유정 문학촌'을 건립하는 데 힘썼는데, 이는 2002년 '김유정 문학촌'이 개관함으로써 그 결실을 맺게 된다. 개관 때부터 무보수 문학촌장을 맡은 그는 지금도 촌장으로 일하면서 정력적으로 문학촌을 운영하고 있다.

his novella *Stone-throwing* in 1988. In 1989, he received the 1st Kim Yu-jeong Literature Award and Gangwon-do Cultural Award for his novella *The Age of Psychos*, and his sixth story collection *Cuckoo in the Nest of Thrush* was released. His novel *Love of Kim Yu-jeong* was published in 1993, followed by *Our Fool* in 1994, and *Psychos* in 1996. He also conducted research on the life of Kim Yu-jeong and came up with his biography *Kim Yu-jeong* in 1995.

After taking a break in the late 1990s, Jeon received the Hugwang Literary Award for "Missing" in 2000 and Yi Sang Literary Award's Special Award and the 9th Modern Buddhist Literary Award in 2003 for "Planarian." These short stories were included in the collection *A Brief Moment of a Whole Life* published in 2005, the year when he retired from Kangwon National University. Nonetheless, he continued working even after retiring from professorship, and his 11th story collection *Nami Island* was published in 2011.

He called himself a man crazy about Kim Yu-jeong, and devoted himself to building a Kim Yu-jeong Literary Village in Chuncheon, which finally opened in 2002. Since its inception, he has enthusiastically served as its chief without pay.

번역 **손석주** Translated by Sohn Suk-joo

손석주는 《코리아타임스》와 《연합뉴스》에서 기자로 일했다. 제34회 한국현대문학 번역상과 제4회 한국문학번역신인상을 받았으며, 2007년 대산문화재단 한국문학 번역지원금을 수혜했다. 호주 시드니대학교에서 포스트식민지 영문학 연구로 박사 학위를 받았고 미국 하버드대학교 세계문학연구소(IWL) 등에서 수학했다. 현재 동아대학교 교양교육원 조교수로 재직 중이다. 주요 역서로는 로힌턴 미스트리의 장편소설 『적절한 균형』과 『그토록 먼 여행』, 그리고 김인숙, 김원일, 신상웅, 김하기 등 다수의 한국 작가 작품을 영역했다. 계간지, 잡지 등에 단편소설, 에세이, 논문 등을 60편 넘게 번역 출판했다.

Sohn Suk-joo, a former journalist for the ***Korea Times*** and ***Yonhap News Agency***, received his Ph.D. degree in postcolonial literature from the University of Sydney and completed a research program at the Institute for World Literature (IWL) at Harvard University in 2013. He won a Korean Modern Literature Translation Award in 2003. In 2005, he won the 4th Korean Literature Translation Award for New Translators sponsored by the Literature Translation Institute of Korea. He won a grant for literary translation from the Daesan Cultural Foundation in 2007. His translations include Rohinton Mistry's novels into the Korean language, as well as more than 60 pieces of short stories, essays, and articles for literary magazines and other publications.

감수 **전승희, 데이비드 윌리엄 홍**

Edited by Jeon Seung-hee and David William Hong

전승희는 서울대학교와 하버드대학교에서 영문학과 비교문학으로 박사 학위를 받았으며, 현재 하버드대학교 한국학 연구소의 연구원으로 재직하며 아시아 문예 계간지 《ASIA》 편집위원으로 활동 중이다. 현대 한국문학 및 세계문학을 다룬 논문을 다수 발표했으며, 바흐친의 『장편소설과 민중언어』, 제인 오스틴의 『오만과 편견』 등을 공역했다. 1988년 한국여성연구소의 창립과 《여성과 사회》의 창간에 참여했고, 2002년부터 보스턴 지역 피학대 여성을 위한 단체인 '트랜지션하우스' 운영에 참여해 왔다. 2006년 하버드대학교 한국학 연구소에서 '한국 현대사와 기억'을 주제로 한 워크숍을 주관했다.

Jeon Seung-hee is a member of the Editorial Board of ***ASIA***, and a Fellow at the Korea Institute, Harvard University. She received a Ph.D. in English Literature from Seoul National University and a Ph.D. in Comparative Literature from Harvard University. She has presented and published numerous papers on modern Korean and world literature. She is also a co-translator of Mikhail Bakhtin's ***Novel and the People's Culture*** and Jane Austen's ***Pride and Prejudice***. She is a founding member of the Korean Women's Studies Institute and of the biannual Women's Studies' journal ***Women and Society*** (1988), and she has been working at 'Transition House,' the first and oldest shelter for battered women in New England. She organized a workshop entitled "The Politics of Memory in Modern Korea" at the Korea Institute, Harvard University, in 2006. She also served as an advising committee member for the Asia-Africa Literature Festival in 2007 and for the POSCO Asian Literature Forum in 2008.

데이비드 윌리엄 홍은 미국 일리노이주 시카고에서 태어났다. 일리노이대학교에서 영문학을, 뉴욕대학교에서 영어교육을 공부했다. 지난 2년간 서울에 거주하면서 처음으로 한국인과 아시아계 미국인 문학에 깊이 몰두할 기회를 가졌다. 현재 뉴욕에서 거주하며 강의와 저술 활동을 한다.

David William Hong was born in 1986 in Chicago, Illinois. He studied English Literature at the University of Illinois and English Education at New York University. For the past two years, he lived in Seoul, South Korea, where he was able to immerse himself in Korean and Asian-American literature for the first time. Currently, he lives in New York City, teaching and writing.

바이링궐 에디션 한국 대표 소설 052
아베의 가족

2014년 3월 7일 초판 1쇄 인쇄 | 2014년 3월 14일 초판 1쇄 발행

지은이 전상국 | **옮긴이** 손석주 | **펴낸이** 김재범
감수 전승희, 데이비드 윌리엄 홍 | **기획** 정은경, 전성태, 이경재
편집 정수인, 이은혜 | **관리** 박신영 | **디자인** 이춘희
펴낸곳 (주)아시아 | **출판등록** 2006년 1월 27일 제406-2006-000004호
주소 서울특별시 동작구 서달로 161-1(흑석동 100-16)
전화 02.821.5055 | **팩스** 02.821.5057 | **홈페이지** www.bookasia.org
ISBN 979-11-5662-002-0 (set) | 979-11-5662-009-9 (04810)
값은 뒤표지에 있습니다.

Bi-lingual Edition Modern Korean Literature 052
Ahbe's Family

Written by Jeon Sang-guk | **Translated by** Sohn Suk-joo
Published by Asia Publishers | 161-1, Seodal-ro, Dongjak-gu, Seoul, Korea
Homepage Address www.bookasia.org | **Tel**. (822).821.5055 | **Fax**. (822).821.5057
First published in Korea by Asia Publishers 2014
ISBN 979-11-5662-002-0 (set) | 979-11-5662-009-9 (04810)

〈바이링궐 에디션 한국 대표 소설〉 작품 목록(1~45)

도서출판 아시아는 지난 반세기 동안 한국에서 나온 가장 중요하고 첨예한 문제의식을 가진 작가들의 작품들을 선별하여 총 105권의 시리즈를 기획하였다. 하버드 한국학 연구원 및 세계 각국의 우수한 번역진들이 참여하여 외국인들이 읽어도 어색함이 느껴지지 않는 손색없는 번역으로 인정받았다. 이 시리즈는 세계인들에게 문학 한류의 지속적인 힘과 가능성을 입증하는 전집이 될 것이다.

바이링궐 에디션 한국 대표 소설 set 1

분단 Division

01 병신과 머저리-**이청준** The Wounded-**Yi Cheong-jun**
02 어둠의 혼-**김원일** Soul of Darkness-**Kim Won-il**
03 순이삼촌-**현기영** Sun-i Samch'on-**Hyun Ki-young**
04 엄마의 말뚝 1-**박완서** Mother's Stake I-**Park Wan-suh**
05 유형의 땅-**조정래** The Land of the Banished-**Jo Jung-rae**

산업화 Industrialization

06 무진기행-**김승옥** Record of a Journey to Mujin-**Kim Seung-ok**
07 삼포 가는 길-**황석영** The Road to Sampo-**Hwang Sok-yong**
08 아홉 켤레의 구두로 남은 사내-**윤흥길** The Man Who Was Left as Nine Pairs of Shoes-**Yun Heung-gil**
09 돌아온 우리의 친구-**신상웅** Our Friend's Homecoming-**Shin Sang-ung**
10 원미동 시인-**양귀자** The Poet of Wŏnmi-dong-**Yang Kwi-ja**

여성 Women

11 중국인 거리-**오정희** Chinatown-**Oh Jung-hee**
12 풍금이 있던 자리-**신경숙** The Place Where the Harmonium Was-**Shin Kyung-sook**
13 하나코는 없다-**최윤** The Last of Hanak'o-**Ch'oe Yun**
14 인간에 대한 예의-**공지영** Human Decency-**Gong Ji-young**
15 빈처-**은희경** Poor Man's Wife-**Eun Hee-kyung**

바이링궐 에디션 한국 대표 소설 set 2

자유 Liberty

16 필론의 돼지-**이문열** Pilon's Pig-**Yi Mun-yol**
17 슬로우 불릿-**이대환** Slow Bullet-**Lee Dae-hwan**
18 직선과 독가스-**임철우** Straight Lines and Poison Gas-**Lim Chul-woo**
19 깃발-**홍희담** The Flag-**Hong Hee-dam**
20 새벽 출정-**방현석** Off to Battle at Dawn-**Bang Hyeon-seok**

사랑과 연애 Love and Love Affairs

21 별을 사랑하는 마음으로-**윤후명** With the Love for the Stars-**Yun Hu-myong**
22 목련공원-**이승우** Magnolia Park-**Lee Seung-u**
23 칼에 찔린 자국-**김인숙** Stab-**Kim In-suk**
24 회복하는 인간-**한강** Convalescence-**Han Kang**
25 트렁크-**정이현** In the Trunk-**Jeong Yi-hyun**

남과 북 South and North

26 판문점-**이호철** Panmunjom-**Yi Ho-chol**
27 수난 이대-**하근찬** The Suffering of Two Generations-**Ha Geun-chan**
28 분지-**남정현** Land of Excrement-**Nam Jung-hyun**
29 봄 실상사-**정도상** Spring at Silsangsa Temple-**Jeong Do-sang**
30 은행나무 사랑-**김하기** Gingko Love-**Kim Ha-kee**

바이링궐 에디션 한국 대표 소설 set 3

서울 Seoul

31 눈사람 속의 검은 항아리-**김소진** The Dark Jar within the Snowman-**Kim So-jin**
32 오후, 가로지르다-**하성란** Traversing Afternoon-**Ha Seong-nan**
33 나는 봉천동에 산다-**조경란** I Live in Bongcheon-dong-**Jo Kyung-ran**
34 그렇습니까? 기린입니다-**박민규** Is That So? I'm A Giraffe-**Park Min-gyu**
35 성탄특선-**김애란** Christmas Specials-**Kim Ae-ran**

전통 Tradition

36 무자년의 가을 사흘-**서정인** Three Days of Autumn, 1948-**Su Jung-in**
37 유자소전-**이문구** A Brief Biography of Yuja-**Yi Mun-gu**
38 향기로운 우물 이야기-**박범신** The Fragrant Well-**Park Bum-shin**
39 월행-**송기원** A Journey under the Moonlight-**Song Ki-won**
40 협죽도 그늘 아래-**성석제** In the Shade of the Oleander-**Song Sok-ze**

아방가르드 Avant-garde

41 아겔다마-**박상륭** Akeldama-**Park Sang-ryoong**
42 내 영혼의 우물-**최인석** A Well in My Soul-**Choi In-seok**
43 당신에 대해서-**이인성** On You-**Yi In-seong**
44 회색 時-**배수아** Time In Gray-**Bae Su-ah**
45 브라운 부인-**정영문** Mrs. Brown-**Jung Young-moon**